십자성-칠왕의 땅 11

허담 新무협 판타지 소설

초판 1쇄 찍은 날 § 2016년 8월 16일
초판 1쇄 펴낸 날 § 2016년 8월 23일

지은이 § 허담
펴낸이 § 서경석

편집책임 § 조현우
디자인 § 신현아

펴낸곳 § 도서출판 청어람
등록번호 § 제387-1999-000006호
등록일자 § 1999. 5. 31
어람번호 § 제2-2678호

주소 § 경기도 부천시 원미구 부일로 483번길 40 서경B/D 3F (우) 14640
전화 § 032-656-4452 팩스 § 032-656-4453
http://www.chungeoram.com
E-mail § chungeorambook@daum.net

ISBN 979-11-04-90935-1 04810
ISBN 979-11-04-90503-2 (세트)

11

무황의 아들

十字星
십자성
칠왕의 땅

허담 新무협 판타지 소설
FANTASTIC ORIENTAL HEROES

도서출판 청람

제1장
오손, 물의 전사들

다행이었다.

이틀이 지날 때까지 그들이 나타나지 않았다. 아니, 정확히 말하면 적풍 일행과 타림 상인들을 따라잡지 못한 것이다.

타림 상인들은 오래전부터 세 어머니의 호수에서 오손의 전선을 마주칠 것에 대비해 도람석을 운반하는 배의 속도를 높이기 위해 노력했다.

덕분에 그들의 배는 완전히 돛에 싸인 것 같았다.

큰 돛이 세 개, 작은 돛이 다시 두 개가 더 붙어 돛의 숫자가 다섯이었다.

어느 상선이나 배도 이런 식으로 돛을 많이 달지 않는다. 이런 식으로 돛을 단 배는 강한 와류를 만나거나 강풍을 만나면 쉽게 배의 균형을 잃어 침몰할 위험이 크기 때문이다.

그럼에도 불구하고 타림의 상인들은 지난 이틀 동안 그런 위험을 감수했다. 그 정도 위험을 감수하지 않으면 오손의 땅에서 도람석을 밀반출할 수 없었다.

그런데 오랫동안 이 일을 위해 준비한 타림의 상선 못지않게 적풍이 타고 있는 타르두의 배 역시 빨랐다.

타르두의 배는 두 개의 돛뿐이었지만, 배 하부의 모양이 물 위에서 최대한 속도를 낼 수 있도록 만들어져 있었다.

덕분에 타르두의 배는 같은 크기의 다른 배보다 훨씬 빠른 속도를 낼 수 있었다. 하지만 그것만으로는 다섯 개의 돛을 펼친 타림의 배를 쫓기가 어려웠다.

그런데 그 차이를 줄일 수 있는 방법을 적풍 일행은 가지고 있었다. 그 방법은 십자성 고수들의 힘 그 자체였다.

신력을 지닌 십자성의 고수 여섯이 좌우로 나뉘어 배 아래쪽에서 노를 젓자 타르두의 배와 타림 상인들 배의 격차는 급격하게 줄어들었다. 만약 정확한 뱃길을 알고 있었다면 타림 상인들의 배를 추월했을지도 모른다.

타르두는 적풍 일행의 그 놀라운 신력에 연신 경탄했다. 적풍 일행이 보기 드문 능력을 지니고 있는 것은 이미 알고 있었지만, 단 여섯 사람의 힘으로 서너 개의 돛이 낼 수 있는 속도를 더한다는 것은 경이에 가까운 것이었다.

놀란 것은 타림 상인들도 마찬가지였다. 처음 그들은 적풍을 태운 타르두의 배가 자신들을 따라잡지 못할 것을 염려해 어느 정도 속도를 조절했지만, 지금에 와선 최선을 다해 배의 속도를 높여도 타르두의 배가 뒤떨어지지 않을 것임을 알고 있었다.

그래서 경쟁하듯 호수를 질주한 네 척의 배는 예정된 시간보다도 훨씬 빠르게 타림 상인들만이 알고 있는 비밀 수로에 접근해 가고 있었다.

휘익휘익!

노을 속에서 푸른 깃발이 좌우로 움직인다.

타림의 배에서 흔들어대는 깃발이었다.

"속도를 줄여야 합니다."

타르두가 말했다.

"무슨 일이오?"

적풍이 물었다.

"이곳부터는 속도가 아니라 배의 균형을 유지하는 것이 중요한 듯합니다. 물의 움직임이 심상치가 않습니다."

타르두의 말에 적풍과 설루가 배 아래쪽을 바라봤다. 그러자 곳곳에서 소용돌이를 만드는 와류가 나타났다 사라지고는 했다.

타림 상선들도 어느새 돛을 내리고 두 개 돛만을 남겨두고 있었다.

"노를 그만 젓게 해도 되겠소?"

적풍이 타르두에게 물었다.

"그게 좋겠습니다. 바람은 나쁘지 않으니까요."

타르두가 대답했다.

그러자 적풍이 몽금에게 고개를 끄떡였다.

설루와 적사몽 곁을 호위하듯 지키던 몽금이 거구를 움직여 선실 아래 십자성의 고수들이 노를 젓고 있는 곳으로 내려갔다.

배의 움직임이 눈에 띄게 느려졌다.

이틀여를 쉬지 않고 노를 저은 십자성 고수들의 얼굴에서 피곤이 묻어났다. 그래도 그들은 호수라고는 믿을 수 없는, 사납고 어지러운 물의 흐름을 바라보며 긴장한 듯 모두 갑판에 올라와 있었다.

"바다 같군요."

이위령이 침을 삼키며 말했다.

그러자 감문이 계속해서 뒤를 돌아보며 대꾸했다.

"그래서 걱정이야."

"너무 느리지요?"

이위령도 전염된 듯 감문을 따라 시선을 돌렸다. 그들이 지나온 길, 노을이 깊어져 이제 옥빛의 수면이 핏빛으로 물들어가고 있었다.

다행히 아직 추격자들의 모습은 보이지 않았다. 하지만 그렇다고 안심할 수는 없었다. 갑자기 느려진 배의 속도로 인해 불안감이 밀려들고 있었다.

"빠져나온 것 아닙니까? 오늘 밤 중으로 비밀 수로에 도착한다고 하지 않았수?"

조어장이 물었다.

"언제나 일이란 게 마지막이 어려운 법이지."

감문이 신중하게 대답했다.

그런데 그때였다. 물끄러미 하늘을 응시하던 이위령의 입에서 우울한 목소리가 흘러나왔다.

"제길. 형님, 놈들이 온 것 같소."

이위령의 말에 감문의 눈초리도 날카로워졌다.

"그런 것 같구나."

호르르!

석양을 뚫고 푸른 깃털을 가진 새가 아득히 먼 하늘에 나타났다.

감문이 적풍을 바라봤다. 적풍의 시선도 어느새 하늘을 향해 있었다.

"모두 준비해! 적이 나타났다!"

적풍을 대신해 감문이 소리쳤다. 그러자 십자성 고수들이 감문에게 모여들었다.

그러자 감문이 손을 들어 붉은 하늘을 가리켰다.

"놈들이 부리는 새다."

감문의 말에 십자성 고수들의 시선이 일제히 하늘로 향했다. 그리고 붉은 하늘에 푸른 점처럼 움직이는 새를 발견했다.

"정말이군요. 놈들이 왔어요."

젊은 십자성 고수 와한이 긴장한 얼굴로 말했다.

"타림의 상인들에게 우리가 뒤를 맡는다고 했으니 그리 알고 준비해라."

다시 감문이 말했다.

애초에 동행하기 전 타림의 상인들과 한 약속이다. 그들이 개척해 놓은 비밀 수로를 따라 동행하는 대신 싸움이 벌어지면 오손의 추격자들을 제일 먼저 막아내야 하는 것은 십자성의 고수들이었다.

"강할까요?"

또 다른 십자성의 젊은 고수 파간이 조심스럽게 물었다.

"센 놈들 한두 번 만나보냐?"

이위령이 퉁명스럽게 대답했다. 적을 앞에 두고 두려워하는 듯한 파간의 모습이 마음에 들지 않은 듯했다.

"그렇긴 하지만……."

"겁나냐?"

이위령이 질책하듯 다시 물었다.

"겁나긴요. 그저… 궁금할 뿐이죠."

파간이 이위령의 예상과는 다른 대답을 했다.

그 말에 이위령의 표정이 풀렸다. 파간이 적을 두려워하지 않는다는 것을 깨달았기 때문이다. 단지 파간은 새로운 적에 대해 호기심을 느끼는 모양이다.

바로 이런 모습이 이위령이 자랑스러워하는 신혈의 자존심이다.

"그렇지? 궁금한 거지? 칠왕의 세력이라 두려운 게 아니라."

이위령의 말투가 금세 부드러워졌다.

"마르칸이란 자를 보셨잖습니까? 두려울 것은 없죠. 그보다 칠왕의 전사들은 각기 다른 특징을 가지고 있다고 하니 궁금한 거죠."

파간이 대답했다.

"나도 그렇긴 하다. 그러나 조심해야 해. 싸움이란 언제나 변수가 많은 법이다."

이위령이 뒤늦게 연장자로서 충고를 했다.

"명심하겠습니다."

파간이 순순히 대답했다.

그때 파묵이 날카롭게 외쳤다.

"적입니다!"

파묵의 경고에 사람들의 시선이 다시 붉은 수평선으로 향했다.

무너질 듯 높이 세운 돛대, 멀리서도 보이는 기다란 노, 그 끝에서 일어나는 파도가 마치 바다의 그것과 비슷해서 꽤 먼 거리임에도 불구하고 십자성 고수들의 눈에 흰 포말이 보였다.

"속도가 너무 빠릅니다."

타르두가 두려운 얼굴로 적풍에게 말했다. 그러자 적풍이 시선을 돌려 앞서 나아가는 타림의 상선들을 바라봤다.

타림의 상선 위에서도 놀란 새 떼가 날아오르듯 야르간의 수하들이 소란스럽게 움직이고 있었다.

"타림의 상인들에게 활과 화살이 있다고 했소?"

적풍이 별일 아니라는 듯한 표정을 지으며 단우하에게 물었다.

"가지고 있다고 했지요."

단우하가 못마땅한 말투로 말했다.

이런 일이 일어날 것을 알고 있으면서도 이 길을 택한 적풍에 대한 원망이 남아 있는 듯 보였다.

"타림의 상선에 바짝 붙으시오."

적풍이 말했다.

타르두가 고개를 끄떡이고는 배를 급하게 흐르는 와류 속으로 밀어 넣었다. 그러자 배가 한차례 기우뚱하더니 빠르게 물살을 타고 타림의 배와의 거리를 좁혔다.

"오손의 배가 오고 있소."

적풍이 탄 배가 가까이 다가오자 야르간이 긴장한 표정으로 말했다.

"알고 있소. 수로까지는 얼마나 남았소?"

적풍이 물었다.

"이 차간 정도……."

야르간의 대답에 적풍이 고개를 돌려 단우하를 봤다.

"한 시진 정도입니다."

단우하가 대답했다.

칠왕의 땅에서는 시간을 차간과 랍이라는 단위로 사용하는데 십 랍이 일 차간에 해당한다.

단우하의 대답을 들은 적풍이 다시 야르간을 보며 물었다.

"일단 수로에 들어서면 저들의 추격을 확실히 피할 수 있소?"

"그렇소이다."

"방법은?"

"…수로에는 법술의 힘이 작용하는 구간이 있소."

야르간이 망설이다가 대답했다. 그러자 적풍이 다시 단우하를 봤다.

"진법 정도로 이해하시면 좋을 겁니다. 물론 조금 다른 것이긴 하지만."

단우하가 다시 대답했다. 그러자 적풍이 다시 야르간에게 물었다.

"그곳에서 우리도 길을 잃는 것 아니오?"

타림의 상선들이야 자신들이 마련해 놓은 법술의 영역을 무사히 통과할 테지만 적풍 일행은 달랐다. 더군다나 적풍의 배는 일행의 가장 후미에 위치해 있고, 오손의 전사들도 상대해야 했다.

그런 상황에서 수로에 있다는 법술의 영역에 진입하면 자칫 야르간 등을 놓치고 길을 잃을 수도 있었다.

"내가 함께 싸우겠소."

적풍의 우려를 가장 쉽게 해결할 수 있는 방법으로 야르간이 수하 다섯과 함께 적풍의 배로 넘어왔다. 그로서는 가장 확실한 대답이었다.

적풍도 야르간의 답이 마음에 들었다. 적을 두려워하면서도

자신의 의지를 내보이는 야르간의 행동에 얼마간 감동까지 느
낀 적풍이다.

"활이 있다고 들었소만."

적풍의 물음에 야르간이 고개를 끄떡였다.

"물론 있소. 하지만 화살이 그리 많지는 않소. 수적 칼훈과
의 싸움에서 화살을 워낙 많이 소모해서……. 놈들이 쏘아댄
화살을 회수하기도 했지만 천 대에 미치지 못하오."

"나쁘지 않군. 그걸 건네주시오."

"알겠소."

어차피 이 싸움의 승패는 적풍과 십자성 고수들에게 달려
있음을 아는 야르간이다. 그로서는 활과 화살을 넘겨주는 데
망설일 이유가 없었다.

"활과 화살을 옮겨 실어라! 서둘러라!"

야르간의 명에 그를 따라 적풍의 배로 넘어온 타림의 상인들
이 다시 자신들의 배로 돌아갔다.

잠시 후, 배 위에 활과 화살이 수북이 쌓였다.

야르간은 부족하다고 했지만, 갑판에 쌓인 일천여 대의 화살
이 보는 사람들의 마음을 든든하게 만들었다.

"활로 일차 저지를 한다. 화살 한 대에 적 하나, 그런 신중함
으로 화살을 사용해야 한다. 많아 보이지만 함부로 쏘기엔 그
리 많은 게 아니다."

적풍이 활 주변으로 모여든 십자성 고수들에게 말했다.

"예, 성주!"

십자성의 고수들이 일제히 대답했다.

"가능하면 화살만으로 적들을 막을 수 있길 바란다. 만약 그게 불가능해 접전을 벌여야 한다면 가급적 적의 배에 오르지 말라. 비밀 수로에 들어서면 환영진 같은 곳을 지나게 될 것인데 적의 배에 올랐다가 돌아오지 못할 수도 있다."

"알겠습니다, 성주!"

다시 십자성 고수들이 대답했다.

"좋아, 그럼 각자 활과 화살을 들고 적당한 위치에 서도록!"

적풍의 명이 떨어지자 십자성의 고수들이 활과 화살을 챙겨 들고 배 곳곳으로 흩어졌다.

"타림의 배는 좀 더 앞서 가시오."

적풍이 야르간을 보며 말하자 야르간이 고개를 끄떡이고는 타림의 상선들에게 손으로 신호를 보냈다.

그러자 타림의 상선 세 척이 속도를 내어 이동하기 시작했다.

뿌우우!

타림 배들이 속도를 내는 그 순간, 멀리서 길게 뿔피리 소리가 들려왔다.

그 직후 한 척의 배가 검은 돛을 세우고 쏜살같이 물살을 가르기 시작했다.

호수를 가로지르는 검은 돛의 배는 그 폭이 무척 작아서 겨우 두 사람 정도가 나란히 서도 좁을 듯 보였다.

대신 앞뒤로는 제법 긴 선체를 가지고 있었는데, 빠른 속도를 낼 수 있도록 만든 쾌속선의 모습이다.

촤아악!

검은 돛을 단 배의 속도는 놀랄 만큼 신속해서 배가 보였다 싶은 순간 어느새 물살 가르는 소리가 십자성 고수들에게 들렸다.

"오손의 정찰선입니다. 들리는 소문에 의하면 그 속도가 여타의 배와는 비교할 수 없어서 닷새면 세 어머니의 호수 전체를 돌아볼 수 있다고 합니다. 물론 믿을 수는 없지만."

타르두가 말했다.

하지만 적풍은 어쩌면 타르두의 말이 사실일 수도 있다고 생각했다. 그만큼 오손의 정찰선은 빨랐다.

눈 깜짝할 사이에 적풍 일행이 탄 배에 근접한 오손의 정찰선을 향해 십자성 고수들이 일제히 활을 겨누었다.

그러자 충돌할 것처럼 미끄러져 오던 오손의 정찰선이 거짓말처럼 멈췄다.

그리고 뾰족한 모양의 투구와 가벼운 차림의 전갑을 걸치고 원형의 방패를 든 오손 전사 중 한 명이 소리쳤다.

"우두머리가 누구냐? 앞으로 나서라!"

차갑고 날카로워 보이는 오손 전사는 뾰족한 투구 때문인지 키가 훤칠하게 커 보였다.

오손 전사의 외침에 적풍이 감문에게 고개를 끄덕였다. 그러자 감문이 적선을 겨누고 있던 활을 내리며 갑판에서 일어났다.

"오선의 전사시오?"

감문의 말에 오선의 전사가 싸늘한 눈초리로 감문을 노려보며 말했다.

"보면 모르느냐? 긴말 않겠다. 배를 멈추고 대선장께서 도착하시길 기다려라. 앞서가는 네 동료들도 세우고!"

오손의 전사가 손을 들어 도람석을 가득 싣고 빠르게 호수를 질주하고 있는 타림의 배들을 가리키며 말했다.

"미안하지만 그럴 수 없소. 그냥 보내주시오. 우린… 싸우고 싶지 않소."

감문의 말에 오손의 전사 눈에서 차갑고 푸르스름한 안광이 흘러나왔다.

"감히 오손의 영역을 침범해 도람석을 훔쳐 가면서 그냥 보내 달라? 아니, 그것보다 싸우고 싶지 않다고? 하하하! 보내주지 않겠다면 감히 오손의 전사들과 싸우겠다는 뜻이냐?"

오손의 전사가 가소롭다는 표정으로 물었다. 그의 입가에 지어진 미소가 오손 전사로서의 자부심과 자신감을 여실히 드러내고 있었다.

"우리도 이 일에 목숨을 건 사람들이라 어쩔 수 없소."

감문이 가급적 오손의 전사를 도발하지 않으려는 듯 나직하게 대답했다.

그 와중에도 타르두는 열심히 배를 몰고 있었다. 급류와 같은 와류가 일어 배가 심하게 흔들리는 경우도 있었지만 타르두는 속도를 줄이지 않았다.

그래서 십자성의 무사들은 긴장한 채 몸의 균형을 유지하기 위해 노력해야 했지만 오손의 전사들은 달랐다.

　작은 배는 물결의 흐름에 훨씬 영향을 많이 받아야 하지만 오손의 전사들이 탄 배는 이상하게도 물살의 움직임에 큰 영향을 받지 않는 듯 보였다.

　당연히 그 위에 서 있는 오손의 전사들 역시 평지에 서 있는 듯 여유 있는 모습을 유지했다.

　"다시 한 번 경고하겠다. 배를 세우고 대선장께서 오시길 기다려라. 그렇다면 혹 대선장께서 아량을 베풀어 목숨은 살려주실 수도 있다. 하지만 계속 도주한다면 너희들은 모두 죽게 될 것이다."

　"그렇다 해도 우린 어쩔 수 없소. 부디 서로 피 흘리는 일이 없길 바랄 뿐이오."

　감문이 대답하며 손을 들어 올렸다. 그러자 배 곳곳에 위치한 십자성의 고수들이 일제히 신형을 일으킨 후 오손의 정찰선을 향해 활을 겨눴다.

　"감히… 오손 왕국의 전사를 모욕하는 것이냐?"

　"우린 그저 이 호수를 지나가길 원할 뿐이오."

　감문이 담담하게 대답했다.

　"그 결정을 곧 후회하게 될 것이다."

　"감당해야 한다면 그리하겠소."

　감문이 두려움 없이 대답했다.

　그러자 오손의 전사가 조금 생경한 눈으로 감문으로 바라보다 배를 돌리다가 다시 물었다.

"타림의 상인들이라지?"

오손 전사의 물음에 배에 타고 있던 야르간 등이 흠칫했다.

"그 역시 말해줄 수 없소."

감문이 대답했다.

비록 오손의 전사들이 도람석을 밀매하는 사람들이 타림의 상인이라는 것을 알고 있다고 해도 그걸 직접 인정하는 것과 추측의 영역에 남겨두는 것은 향후 칠왕의 땅에서 타림의 상인들이 활동하는 데 큰 영향을 미친다.

그래서 설사 이곳에서 도람석을 실은 배가 모두 침몰한다 해도 스스로 타림성의 상인이란 것을 인정할 수 없는 것이 야르간 등이다.

감문 역시 그런 야르간의 사정을 알고 있었기에 오손 전사의 물음에 대답을 회피한 것이다.

"좋아, 그것 역시 너희들을 잡고 난 이후에 확인하도록 하지. 오손의 전선이 얼마나 빠른지 알고 있다면, 서둘러 도주하는 것이 좋을 것이다. 물론 그 역시 쓸모없는 일이 될 테지만."

오손의 전사가 싸늘한 경고를 남기고 배를 돌려 뒤쪽으로 움직이기 시작했다.

그들이 향하는 방향에서 크고 작은 오손의 전선 다섯 척이 도도한 위용을 자랑하며 타르두의 배를 향해 접근하고 있다.

"갈 수 있을 때까지 갑시다!"

감문이 타르두를 보며 외쳤다.

"이미 최대한 속도를 내고 있소!"

타르두가 마주 외쳤다.

배가 심하게 요동쳤다. 호수의 와류가 급류만큼 성을 내기 시작했다. 그 위에서 적풍 일행은 다가오는 오손의 전선들을 노려보고 있었다.

우우웅!

기이한 파공음이 사람들의 귀를 파고들었다. 아직은 화살이 위력을 발휘할 거리까지 좁혀진 것은 아니어서 십자성의 고수들은 여전히 적을 향해 화살을 겨누고 있지만 시위를 당기지는 않고 있었다.

그런데 그 와중에 들려오는 묵직한 파공음에 이어 이위령의 날카로운 경고가 들렸다.

"조심해! 철탄이야!"

말이 끝나기가 무섭게 하늘에서 어른 주먹만 한 쇠뭉치들이 떨어졌다.

콰쾅!

단단하게 만들어진 타르두의 배도 가속이 붙은 철탄의 위력에는 충격을 받을 수밖에 없었다.

순식간에 갑판 여기저기에 커다란 구멍이 뚫렸다.

"이 자식들이!"

조어장이 화가 치미는지 신형을 세우고 화살의 시위를 당겼다.

"아직!"

순간 적풍의 냉정한 목소리가 들렸다. 그러자 조어장이 화를 삭이며 활을 내렸다.

"좀 더 접근하게 놔둬. 화살을 아껴야 한다."

"그러다 배가 박살 나겠습니다!"

적풍의 말에 이위령이 대꾸했다.

콰앙!

그사이 배 바로 옆에 떨어진 철탄으로 인해 거대한 물기둥이 솟구쳐 올랐다.

"침몰할 정도는 아니다. 무림에서처럼 화약을 쓰는 것도 아니고, 그리고 거리가 가까워지면 철탄의 위력은 오히려 사라진다."

적풍의 말이 옳았다. 철탄은 원거리 공격을 위해 만든 무기다. 일단 배가 근접하게 되면 철탄은 쓸모없는 물건이 될 것이다.

"속도를 늦출까요?"

타르두가 급히 물었다. 적과의 거리를 좁히려면 이쪽에서 속도를 늦추는 방법도 있었다.

"그럴 필요 없소. 적은 충분히 빠르오."

적풍이 대답했다.

그리고 그의 말에 호응이라도 하듯 오손의 전선들이 더욱 속도를 내기 시작했다.

그리고 언제부턴가 철탄이 날아오지 않았다. 아무리 오손의 전선들이라 해도 호수 외곽의 광폭한 와류를 바람처럼 타고 오면서 철탄을 날리는 것은 불가능한 일이었다.

대신 양쪽의 거리는 급격하게 줄어들기 시작했다. 적풍의 손이 머리 위로 올라갔다. 그러자 십자성의 고수들이 일제히 활시위를 당겼다.

그리고 잠시 후 호수의 와류에 들어온 오손의 전선이 물결을 타고 크게 출렁이는 순간, 적풍의 팔이 내려갔다.

쐐애액!

적풍의 신호와 함께 쏟아진 화살들이 흔들리는 오손의 전선을 향해 무섭게 날아갔다.

보통 수전에서 화살은 하늘을 향해 쏘아 올려 포물선을 그리며 원거리 적을 공격하는 경우가 대부분이다.

그런데 십자성 고수들의 화살 공격은 달랐다. 그들이 쏘아낸 화살은 그리 가깝지 않은 오손의 전선을 향해 일직선으로 날아갔다.

그리고 그렇게 수면을 스치듯 날아간 화살들은 도주하는 적이라고 방심하고 있던 오손의 전사들에게 치명적인 피해를 주었다.

퍼퍼퍽!

"악!"

"조심해! 화살이다!"

오손의 배가 크게 흔들리며 그 안에서 날카로운 비명과 경고

성이 터져 나왔다. 이번만큼은 배가 크게 흔들린 이유가 와류 때문이 아닌 것이 분명했다.

갑작스러운 화살 공격에 놀란 오손 전선들의 대형이 흐트러지면서 그 속도가 크게 줄었다.

그러자 적풍 등이 타고 있는 배와의 거리가 한순간에 멀어졌다.

"그만!"

적풍이 손을 들어 화살 공격을 중지시켰다. 십자성의 고수들이 한 사람처럼 시위에서 손을 뗐다.

어수선한 오손의 전선에서 거친 욕설이 흘러나왔다. 어느새 석양이 사라지고 어둠이 그 자리를 대신했다. 어수선한 오손의 전선 위에 횃불 하나가 타올랐다. 그리고 그 횃불 아래 한 사내가 얼굴을 드러냈다.

화려한 금장을 한 투구, 은갑이긴 하지만 곳곳에 금으로 장식을 한 갑옷을 걸친 사내. 그러나 그 화려함이 오히려 부족해 보일 정도로 도도하고 고귀해 보이는 자가 횃불 아래 얼굴을 드러내자 소란하던 오손의 전선이 금세 침묵에 빠져들었다.

거리가 멀어지긴 했지만 사내의 기도가 워낙 독특하고 특별해서 십자성 고수들은 사내의 얼굴 주름살까지 볼 수 있었다.

"아는 사람이오?"

적풍이 단우하에게 물었다. 그러자 단우하가 대답하기 전에 타르두가 먼저 입을 열었다.

"해걸루입니다."

"해결루? 어떤 자요?"

"무서운 자입니다. 저자가 지휘하고 있을 줄은 몰랐습니다. 아바르와 전운이 도는 이때 저자가 오손의 성을 나올 줄이야."

"그렇게 대단한 자요?"

적풍이 다시 물었다. 그러자 이번에는 단우하가 입을 열었다.

"일전에 오손 왕국에 대해 말씀드린 것을 기억하실 겁니다. 그때 제가 오손 왕국의 기둥이라는 자들에 대해 말씀드렸지요."

"세 명의 영주, 다섯 명의 대선장, 일곱 명의 대장군 말이오?"

"그렇습니다. 저자 해결루는 그중 오 인의 대선장 중 한 명이지요. 해전에서는… 적수를 찾기 어려운 자입니다."

"나쁘지 않군."

"물 위에서의 싸움은 피하는 것이 상책입니다만……."

"그럴 수 없다는 걸 알지 않소? 그리고… 설마 내가 저런 자하나 상대하지 못할 거라 생각하는 거요?"

"그는 누가 뭐래도 이 땅의 지배자들인 칠왕의 피가 흐르는 자입니다."

"염화마군이나 우다문에 비하면 어떻소?"

"그들에 비한다면……."

단우하가 말꼬리를 흐린다.

"더 강하오?"

"그렇지는 않습니다."

단우하가 대답했다.

"그럼 뭐가 걱정이오?"

"이곳이 물 위라는 점을 잊지 마십시오."

"그래도 결국 싸움은 칼이 하는 것이오. 물 위나 땅이나."

"……."

적풍의 단호한 말에 단우하가 더 이상 입을 열지 않았다. 이런 고집스러운 성정을 하루 이틀 겪어본 것이 아니다. 그의 아버지 무황 적황으로부터 이미 수십 년 단련된 고집이다.

그런데 적풍의 말에 놀란 사람은 따로 있었다.

타르두는 적풍의 입에서 염화마군과 우다문이라는 이름이 흘러나온 순간부터 의혹 가득한 시선으로 적풍을 바라보고 있었다.

당장에라도 그들과 어떤 관계인지 묻고 싶은 표정이었지만, 상황은 그럴 기회를 주지 않았다.

호수의 물길이 좀 더 거칠어졌다. 언제부터인지 호수 위에 하나의 강이 생긴 것 같았다.

잔잔한 다른 곳과 달리 적풍 일행이 타고 있는 배가 이동하는 곳은 유속이 급류처럼 빨랐다.

그래서 배를 움직이는 타르두는 한순간도 방심하거나 다른 쪽에 관심을 둘 수 없는 지경이었는데, 적풍의 입에서 염화마군과 우다문의 이름이 나오는 순간 잠시 정신이 산만해져서 배가 크게 기우뚱거렸다.

쿠르르!

물의 흐름을 거스르는 배의 움직임 때문에 배 밑에서 거친 마찰 소리가 일어났다.

"조심하시오!"

감문이 다급하게 타르두에게 소리쳤다. 타르두가 얼른 정신을 차리고 배의 방향을 바로잡았다.

그 짧은 순간 어느새 혼란을 수습한 오손의 전선들이 적풍 일행이 탄 배를 추월해 앞으로 나가기 시작했다.

"막아야 하오!"

야르간이 다급하게 소리쳤다. 오선 전선들을 막지 못하면 앞서 간 타림의 상선들이 공격당할 것이 분명했다.

상선에 탄 자들이 검을 쓰는 데 능한 자들이기는 해도 오손 전사들을 상대로는 버틸 수 없었다.

"활을 쏘지!"

적풍이 침착하게 명을 내렸다. 그러자 십자성의 고수들이 오손의 전선을 향해 활을 쏘기 시작했다.

쒜애액!

빛살처럼 날아간 화살들이 오손의 배에 박혀들었다. 그러나 이번에는 처음처럼 큰 피해를 줄 수 없었다. 오손의 전사들이 손에 든 방패로 날아오는 화살들을 막아냈기 때문이다.

"이래서는 안 되겠는데요?"

감문이 적풍을 돌아보며 소리쳤다.

"위령!"

"예, 성주!"

"화살로 놈들의 돛 줄을 끊을 수 있겠나?"

"돛 줄이요?"

이위령이 고개를 돌려 오손 전선을 살피며 되물었다.

"가능하겠나?"

"뭐… 지금 거리라면. 마침 놈들이 돛 줄 아래 밝은 횃불까지 세워놓았군요."

"좋아, 그럼 돛 줄을 끊어. 오른쪽은 내가 맡지."

적풍이 이위령에게 명을 내리고는 옆에 있는 활을 들어 오른쪽으로 스쳐 지나가는 오손의 전선을 향해 시위를 당겼다.

파르르!

화살촉이 부르르 몸을 떨었다. 마치 어서 자신을 날려 보내달라고 애원하는 듯한 모습이다.

적풍이 단전으로부터 끌어올린 진기를 화살에 주입했다. 그러자 화살의 움직임이 더욱 심해졌다.

더 이상 시위에 머물러 있다가는 적풍의 진기에 화살이 부러져 나갈 것 같았다.

그 순간, 적풍이 시위를 놓았다.

팡!

시위를 떠난 화살이 밤공기를 뚫는 소리가 강렬하게 일어났다. 벼락처럼 시위를 떠난 화살이 자신의 그림자를 만들며 오손의 전선을 향해 날아갔다. 그리고 여지없이 오손의 배에서 가장 큰 돛 줄을 끊었다.

쿠르릉!

돛이 끊기자 커다란 돛이 힘을 잃더니 그대로 배 위에 떨어져 내렸다.

"돛을 세워! 얼른!"

오손의 배에서 아우성 소리가 일어났다.

그 순간 이위령도 세 대의 화살을 날려 왼쪽으로 적풍 일행을 추월해 나가던 오손 전선의 돛 줄을 끊었다.

"활을 쏴!"

적풍이 혼란스러운 오손의 전선들을 보며 냉정하게 명을 내렸다.

그러자 십자성의 고수들이 일제히 적선을 향해 활을 쏘기 시작했다.

다시 날카로운 파공음과 함께 오손의 배들로 화살들이 날아들었다. 그리고 이번에는 화살 공격이 제법 큰 효과를 발휘했다.

돛이 내려앉아 시야를 가린 오손 전사들에게 날아든 화살들은 여지없이 그들의 갑옷을 뚫고 들어갔다.

퍼퍽!

"악!"

"크윽!"

곳곳에서 비명 소리가 터져 나왔다. 돛이 무너져 속도가 느려진 오손의 배가 순식간에 적풍 일행이 탄 배 뒤쪽으로 멀어졌다.

그러나 그렇다고 오손 전선들의 추격이 늦춰진 것은 아니었다.

쐐애액!

어둠을 뚫고 날카로운 파공음이 일어나더니 한 대의 강전이 적풍이 탄 배의 돛 줄을 향해 날아왔다.

오손의 전선에서 날린 화살이다.

하지만 그 화살은 적풍이 탄 배의 돛 줄을 끊지 못했다.

틱!

한순간 공기를 가르던 화살이 거짓말처럼 허공에서 움직임을 멈췄다. 굵고 강인한 손이 그 화살을 가져갔다. 적풍이다.

허공에서 강전을 낚아챈 적풍이 화살을 살피며 중얼거렸다.

"괜찮군."

"오손의 화살은 강전으로 유명하지요. 화살의 본체를 쇠로 만들고 뒤쪽만 단단하게 말린 나무를 이용해서 균형을 잡지요. 칠왕의 왕국 중에서 활로는 제일로 칩니다."

타르두가 말했다.

"그런 것 같소. 제법 쓸모가 있어."

적풍이 허공에서 낚아챈 철시를 자신의 시위에 걸었다. 그리고 돛 줄이 잘려 뒤로 처진 배들 대신 추격의 선두에 나선 다른 오손의 전선을 향해 화살을 날렸다.

고오오!

화살이 회전하면서 섬뜩한 파공음이 일어났다.

검은 철시는 마치 주변의 어둠을 모두 끌어들이는 듯한 모습으로 오손의 전선을 향해 날아갔다. 그리고 높이 솟은 오손 전선의 뱃머리를 정확하게 꿰뚫었다.

콰릉!

그건 화살이라기보다는 벼락의 내리침 같았다. 철시가 관통한 오손 전선의 선수(船首)가 산산이 부서졌다.

쿠웅!

중간이 화살에 잘린 오손 전선의 선수가 탑처럼 물속으로 떨어져 내렸다.

선수를 잃은 오손의 전선이 급격하게 흔들리면서 이내 뒤로 처졌다. 그러자 그 자리에 새로운 전선이 나타났다.

그리고 그 위에 다시금 오손 전선들의 총지휘자인 해걸루의 모습이 보였다.

그의 손에는 검은색의 커다란 활이 들려 있었는데 아마도 앞서 적풍의 배를 향해 화살을 날린 사람이 그인 모양이다. 그가 탄 전선 앞에 또 다른 전선이 있었다는 것을 생각하면 적풍의 배까지 강전을 날린 그의 힘을 능히 짐작할 수 있었다.

"놀라운 재주구나. 상인 중에 이런 힘을 내는 자가 있다니. 이는… 칠왕의 신력이 아니면 불가능한 일일 텐데 너희 중에 칠왕의 피를 이은 자가 있더냐?"

해걸루가 횃불 아래서 도도한 목소리로 물었다.

이미 그가 이끄는 전선 세 척이 속도를 잃고 뒤로 처졌지만 그에게선 당황한 기색을 찾아볼 수 없었다.

"돌이나 훔쳐 파는 주제에 어찌 고귀한 칠왕의 피를 이었겠소?"

감문이 어둠 속에서 소리쳤다.

"하긴, 설혹 칠왕의 피를 이었다 해도 도적질이나 하는 신세에 내세울 처지는 아니겠지. 어쨌든… 너희들에게 더 이상 기회는 없다."

해걸루가 사자처럼 경고했다.

"언젠 있었소?"

감문에 능글맞은 웃음으로 대꾸했다.

"하긴… 애초에 오손의 호수에 들어와 도적질을 하는 순간 죽음의 문을 넘은 것이지. 여하튼 지금까지의 재주는 놀라웠다. 하지만 이젠 그런 잔재주는 소용없을 것이다. 감히 나 해걸루의 손에 직접 병기를 들게 한 대가를 치르게 될 것이다."

"기대하겠소."

감문이 전혀 겁을 먹지 않은 말투로 말했다. 그러자 해걸루의 볼이 가볍게 떨리더니 그의 입에서 차가운 명이 떨어졌다.

"수룡사들은 앞으로 나서라! 가서 놈들의 배를 수장하라!"

해걸루의 명이 떨어지자 지금까지의 자들과는 조금 다른, 온통 검은색 일색의 비닐로 덮인 갑주를 입은 자들이 앞으로 나섰다.

그러고는 망설이지 않고 자신들이 타고 있던 배에서 날아올라 물 위로 뛰어내렸다.

제2장
오손… 물 위의 지배자

"수룡사!"

타르두의 입에서 두려운 목소리가 흘러나왔다.

보통 사람의 경우 갑주를 입고 물에 뛰어드는 것은 자살 행위나 다름없다. 갑주의 무게가 사람을 물속으로 가라앉게 만들어 자맥질에 노련한 사람이라 해도 꺼리는 일이다.

그런데 해걸루의 명을 받은 자들은 한 치의 망설임도 없이 검은 갑주를 입은 채 물로 뛰어들었다.

그리고 다음 순간, 더 놀라운 일이 벌어졌다.

물 위로 뛰어든 오손의 전사들이 물속으로 가라앉지 않고 물 위를 달려 적풍이 타고 있는 배로 다가오기 시작했다.

무림에서 간혹 절정의 공력을 지닌 인물이 물 위를 걸었다는 전설 같은 이야기가 전해지곤 하지만, 지금 눈앞에서 물 위를 달리는 오손 전사들에게는 그런 공력이 있을 것 같지도 않았다.

"뭐지, 저 인간들?"

젊은 무사 파간이 놀란 표정으로 중얼거렸다.

"오손의 혈통을 이어받은 자들 중 최고의 재능을 지닌 자들을 수룡사라 하네. 그들은 물의 기운과 동화할 수 있는 능력을 지녔지. 물의 기운에 민감하다는 뜻일세. 자세한 것은 설명하기 어렵지만, 그래서 특별한 신발과 복장의 힘으로 물 위를 달린다고 알려졌네. 그들이 바로 저들이네."

단우하가 물 위에서 달려오는 자들에 대해 빠르게 설명했다.

그 설명을 들으며 십자성의 고수들은 자신들이 드디어 정말 칠왕의 땅에 와 있다는 것을 실감했다.

지금까지 만난 그 어떤 적보다 특별한 능력을 지닌 자들, 비록 단우하의 말처럼 특별히 제작된 신발과 복장의 도움을 받는다고 해도 물 위를 자유롭게 달리는 자들을 보는 것은 경이로운 일이었다.

"수룡사들은 배를 노릴 겁니다."

십자성의 고수들이 수룡사의 출현에 놀라고 있는 사이 단우하가 적풍에게 경고했다.

"놈들에게 활을 집중시켜. 위험한 자들이다. 신중하게 상대해."

적풍의 명이 떨어졌다.

십자성의 고수들이 일제히 배의 난간으로 다가서며 활을 들었다. 그런데 그 순간 오손의 전선에서 검은 화살이 쏟아져 들어오기 시작했다.

"젠장!"

갑작스러운 화살 공격에 십자성 고수들이 급히 몸을 낮춰 배의 난간 뒤로 숨었다.

퍼퍼퍽!

날카롭게 파고든 강전들이 난간을 뚫고 뱀의 혀처럼 촉을 내밀었다.

"이놈들이?"

조어장이 자신의 눈앞에 삐져나온 화살촉에 화가 난 듯 욕설을 내뱉으며 유령처럼 몸을 솟구쳤다. 그러고는 번개처럼 세 대의 화살을 쏟아내고는 다시 몸을 난간 뒤로 숨겼다.

쐐액!

조어장의 손을 떠난 화살들이 물 위를 타고 오는 오손의 수룡사들을 향해 날아갔다. 그러자 수룡사들이 기다렸다는 듯 방패를 들어 조어장의 화살을 막았다.

그런데 그 순간 수룡사들에게 예상치 못한 일이 일어났다. 조어장의 화살이 수룡사 중 한 명이 든 방패를 그대로 뚫고 들어가 방패의 주인까지 뚫어버린 것이다.

"컥!"

가슴에 화살을 맞은 수룡사가 중심을 잃고 호수 속으로 잠겨들었다. 그 모습을 보고 있던 십자성의 고수들 얼굴에 미소가 지어졌다.

"별거 아니다. 몸을 가볍게 하기 위해 방패의 재질을 가죽으로 한 것 같다. 그리고 놈들도 중심을 잃으면 물속에 빠지는 건 마찬가지고. 화살을 쏟아부어!"

감문이 소리쳤다.

그러자 십자성의 고수들이 날아오는 화살을 피해 간간이 몸을 일으켜 수룡사들을 향해 화살을 날리기 시작했다.

화살 공격이 시작되자 수룡사들의 움직임이 어지러워졌다.

물론 십자성 고수들의 화살 공격이 적중률 높은 공격은 아니었다. 워낙 빠르게 움직이는 수룡사들이라 화살을 명중시키기 어려울 뿐만 아니라 비록 재질이 가벼운 방패이기는 해도 정통으로 맞지 않으면 뚫리지 않았다.

그래서 성과는 그저 적의 속도를 늦추는 것 정도. 하지만 그 정도로도 충분했다. 이대로 일정한 거리를 두고 이동하면 결국 그들이 도착하고자 하는 비밀 수로에 도달할 수 있을 것이기 때문이다.

물론 오손의 대선장 해걸루 역시 도망자들이 시간을 벌려고 한다는 것을 눈치채고 있었다. 시간을 벌려고 하는 것은 곧 시간이 흐르면 다른 방책이 준비되어 있다는 뜻이다. 더군다나 도람석을 밀매할 정도라면 단단히 준비했을 것이 분명했다.

그래서 만약 이대로 밀매업자들에게 시간을 주면 오손은 그들의 안방에 침입해 도람석을 도적질해 가는 자들을 눈앞에서 놓쳤다는 오명을 뒤집어쓸 수도 있었다.

그런데 적풍은 해걸루의 얼굴에서 특별한 여유를 보았다. 그건 칼을 숨긴 자, 다른 방책이 있는 자의 여유였다.

그리고 그 순간 적풍은 해걸루의 시선이 물 위를 짓쳐오는 수룡사들이 아닌, 수면 그 아래를 향하고 있다는 것을 깨달았다.

'혹시?'

의문이 떠오르는 순간 적풍의 몸이 움직였다.

어느새 배의 난간 쪽으로 다가간 적풍이 해걸루의 시선이 향한 배의 오른편 수면을 응시했다.

그리고 그 순간 적풍은 물속으로 희미하게 움직이는 무엇인가가 자신들의 배에 근접했음을 깨달았다.

"물속이다! 수중에 적이 있어!"

적풍의 날카로운 경고가 터져 나왔다. 그리고 적풍의 경고가 끝나기도 전에 배의 아래쪽에서 묵직한 타격 음이 일어났다.

쿵!

한순간 배가 크게 떨렸다. 무엇인가 무거운 것이 배의 밑동에 부딪친 것 같았다. 물속을 이동한 오손 전사들의 공격이 시작된 것이다.

적풍이 충격을 받은 배 위에서 급히 중심을 잡으며 활을 들어 배 아래를 겨누었다. 그리고 지체 없이 강력한 공력을 실어 화살을 쏘아냈다.

퓨우웅!

배 아래로 향한 화살은 그 어느 때보다도 강력한 진기를 머금고 있었다. 수면 아래의 적을 격중시키려면 허공에 쏘는 화살보다 서너 배의 힘이 실려야 하기 때문이다.

강력한 진기가 실린 화살이 수면을 파고들었다.

콰앙!

화살이 수면을 뚫는 순간 성벽이 허물어지는 듯한 굉음이 일어났다. 그리고 수면을 뚫고 들어간 화살은 물속의 검은 그림자를 그대로 관통했다.

쿠루룩!

화살에 관통당한 검은 그림자에서 기포가 솟구쳤다. 그리고 다음 순간, 달빛과 횃불에 비친 수면 위로 검은 체구의 사내가 떠올랐다.

온몸에 피부와 붙어 있는 듯한 검은 가죽 옷을 입은 자의 등에는 적풍이 쏜 화살이 꽂혀 있었고, 그의 발에는 오리의 물갈퀴처럼 생긴 기이한 모양의 가죽신이 신겨져 있었다.

쿠웅!

그런데 그렇게 한 명의 수중 적을 격살한 순간 다시 배 밑에서 큰 소음이 일어났다. 그리고 타르두의 날카로운 목소리가 흘러나왔다.

"배가 뚫린 것 같습니다."

"얼마나 뚫렸소?"

적풍이 침착하게 물었다.

"아직은……."

"파묵, 살펴보고 와라."

적풍이 명을 내리자 타르두의 옆에 서 있던 파묵이 재빨리 배 아래쪽으로 내려갔다.

그사이 십자성의 고수들은 목표를 바꿔 수룡사가 아닌 수중의 적을 향해 화살을 쏟아붓기 시작했다.

배 아래로 화살이 비 오듯 쏟아졌다. 그러자 다시 몇몇 검은 시체가 수면 위로 떠올랐다.

그러자 배에 전해지던 충격이 사라졌다. 그러나 적풍 일행은 이미 큰 손해를 입은 후였다.

배는 느려졌고, 수면 아래 있는 적을 공격하기 위해 화살을 너무 많이 소비한 것이다.

이제 십자성 고수들 수중에는 각자 십여 대 안쪽의 화살이 남아 있었다. 반면 화살 공격이 약해진 틈을 타 수룡사들은 이미 십여 장 안쪽에 접근해 있었다.

"물이 들어오고 있습니다. 겨우 막기는 했지만 지켜봐야 할 것 같습니다."

배 아래쪽을 살피고 올라온 파묵이 소리쳤다.

"침몰을 막을 수 있나?"

적풍이 침착하게 물었다.

"침몰까지는 아닙니다. 하지만 속도는……."

"파묵, 그대가 배 아래 머물러."

적풍이 명을 내렸다.

"알았습니다."

파묵이 대답하고는 다시 배 아래로 내려갔다.

그러는 사이, 어느새 십자성 고수들 손에서 하나둘 화살이
사라지고 있었다.

"이 도둑놈들, 모두 죽여주마!"

물 위를 달려온 수룡사들이 날카로운 살기를 드러내며 소리
쳤다.

"올라올 자신 있으며 와보던지!"

어느새 손에 활이 떨어진 이위령이 자신의 애병인 장창을 휘
두르며 소리쳤다.

"도둑놈 주제에 감히 오손의 전사를 상대하겠다는 것이냐?"

"후후후, 이 물귀신들아, 내가 도둑은 도둑이라도 보통 도둑
이 아니니라."

이위령이 한마디도 지지 않고 대꾸했다.

"좋아, 넌 내 몫이다."

중년으로 보이는 수룡사가 날카롭게 생긴 검을 들어 이위령
을 가리키고는 그대로 물 위로 떠올랐다.

그러자 기다렸다는 듯이 양옆에서 다른 수룡사들이 손을 내
밀어 허공에 떠오른 수룡사의 발을 지탱했다.

탓!

허공에 떠오른 수령사가 동료들이 내민 손을 차고 재차 도약
했다. 그러자 그의 몸이 순식간에 이위령 앞에 도달했다.

이위령은 날아오르는 수룡사의 움직임에 감탄하면서도 번개
처럼 창을 뻗어냈다.

차앙!

배 위로 날아올라 이위령을 공격하려던 수룡사가 재빨리 검을 들어 자신의 심장을 찌르려는 이위령의 창을 막았다.

순간 이위령이 앞으로 내찌르던 창을 그대로 옆으로 휘둘렀다.

쾅!

재차 창과 검이 부딪치며 묵직한 충돌음이 터져 나왔다. 그러자 허공에서 중심을 잃은 수룡사가 한차례 비틀거리더니 이내 아래로 추락하기 시작했다.

그 순간 한 자루 화살이 날아와 떨어지는 수룡사를 관통했다.

픽!

"욱!"

묵직한 소음과 함께 물 위로 떨어지던 수룡사의 입에서 신음이 흘러나왔다.

풍덩!

물속으로 떨어진 수룡사로 인해 커다란 물기둥이 솟구쳤다.

"배 위로 오르는 놈들은 모두 저 꼴이 될 줄 알아라!"

수룡사를 물리친 이위령이 창을 휘두르며 호기롭게 소리쳤다.

순간 일정한 거리를 두고 떠 있던 오손의 배 위에서 해걸루의 천둥 같은 목소리가 터져 나왔다.

"수룡사들은 굳이 배에 오르려 하지 말고 놈들의 배를 파괴하라! 오늘 이곳에서 놈들을 수장한다!"

해걸루의 명이 전해지자 적풍이 탄 배에 근접해 있던 수룡사들이 병장기를 들어 배의 측면을 공격하기 시작했다.

쿵쿵!

배에 가해지는 충격이 강력해서 일단 공격이 시작되자 단번에 배가 부서지기 시작했다.

"이놈들!"

십자성의 고수들이 마지막 남은 화살을 쏟아붓기 시작했다. 그러자 배를 공격하던 수룡사들이 두 명씩 짝을 이뤄 한 명은 방패를 들고 날아오는 화살을 비껴내고, 다른 자는 그 아래서 계속해서 배를 공격했다.

오손의 수룡사들은 확실히 지금껏 적풍 일행이 만난 자들과는 달랐다.

이자들은 칠왕의 전사들답게 진기, 혹은 그들이 신기라고 부르는 공력을 쓰고 있었다. 그래서 그들의 공격을 받은 배에 가해지는 충격 역시 강력했다. 순식간에 배가 상처를 입기 시작했다.

물론 그 와중에 수룡사 중 일부는 목숨을 잃거나 부상을 당하기도 했다. 그러나 수룡사들은 동료들의 죽음에도 전혀 두려워하지 않고 공격을 계속했다. 그리고 급기야 십자성 고수들의 화살이 바닥났다.

"제길!"

화살이 바닥난 감문이 욕설을 흘려내며 배 아래를 내려다봤다. 어느새 파괴된 배의 측면이 흉측한 모습을 드러내고 있었다. 조금만 더 파괴되면 그 안으로 수룡사들이 침입할 수도 있었다.

"어쩝니까?"

감문이 적풍에게 물었다. 그러자 적풍이 무심하게 대답했다.

"어쩔 수 있나. 신력을 끌어내서라도 모두 죽여!"

"하지만 그러면……?"

단우하가 걱정스러운 표정으로 반대하려는데 적풍이 손을 들어 단우하의 말을 막았다.

"정체가 드러날 것이 두려워 수장될 수는 없지. 모두 오늘 제대로 싸워본다. 일이 이렇게 된 이상, 이곳에 온 자들을 모두 죽여라!"

적풍의 명이 떨어지자 십자성 고수들의 표정이 변하기 시작했다.

"흐흐, 답답했었는데 잘됐군. 이놈들, 네놈들이 지옥문을 열었다는 건만 알아둬라."

이위령이 차가운 살소를 날리며 중얼거렸다. 그리고 그 순간 그의 눈에서 흰자위가 사라지고 검은 기운이 흘러나오기 시작했다.

우웅!

순식간에 그가 든 창이 두어 배는 커진 듯 보였다. 그리고 그렇게 길어진 창으로 이위령이 배 아래쪽을 공격하는 오손의 수룡사를 찔렀다.

퍽!

아래로 향한 이위령의 창이 단번에 수룡사의 방패를 꿰뚫었다.

"악!"

방패를 관통해 머리에 창의 기운을 맞은 수룡사가 비명을 지르며 물속으로 무너졌다.

"모두 죽여주마!"

배 위에 허리를 반쯤 걸친 이위령이 노성을 토하며 계속 창을 휘둘렀다.

그러자 방패의 그늘에서 노출된 채 배를 공격하던 수룡사가 이위령의 공격에 휩쓸려 벌레 떨어져 나가듯 배에서 떨어져 나갔다.

"욱!"

창에 격중되어 배에서 떨어져 나가는 수룡사의 입에서 놀람과 고통에 찬 비명이 터져 나왔다.

그렇게 두 명의 적을 단번에 휩쓸어 버린 이위령의 공격을 시작으로 십자성의 고수들이 신혈의 기운을 일깨우며 적을 공격하기 시작했다.

가뜩이나 어스름한 밤, 십자성 고수들이 일으킨 검은 기운이 그들이 타고 있는 배를 완전히 암흑으로 만들었다.

그리고 그 안에서 마른하늘에서 떨어지는 벼락처럼 검기와 도기가 번쩍이기 시작했다.

콰쾅!

"윽!"

"악!"

도검의 진기가 만들어내는 벼락같은 공격에 격중된 수룡사들이 속절없이 죽어나갔다.

순간 오손의 전선에서 해걸루의 신음 같은 포효가 들려왔다.

"아바르! 드디어 왔는가? 그런데 겨우 도적의 모습이라니 실망스럽구나!"

해걸루의 외침이 어두운 호수를 타고 사방으로 퍼져 나갔다. 마치 천신이 보낸 장수가 외치는 소리 같았다.

해걸루는 오손의 정통 후예에 속한다. 그래서 신혈의 아바르에 대해, 잡혈로 살던 노예들의 반란과 그들을 아바르의 주인으로 이끈 무황 적황과 그를 따르는 검은 사자들에 대해 누구보다 잘 알고 있었다.

그래서 지금 십자성의 고수들이 오손의 수룡사들을 상대하기 위해 드러낸 기운과 무공은 그가 적풍 일행을 아바르의 전사들로 오해하게 만들기에 충분했다.

하지만 해걸루의 외침은 공교롭게도 오직 오손의 전사들에게만 영향을 미쳤다. 해걸루의 입에서 아바르란 이름이 나오자 그 도도하던 오손 전사들의 얼굴에 한순간 두려움이 깃들었다.

반면 십자성의 고수들은 해걸루의 외침에 전혀 관심을 두지 않았다. 일단 신혈의 전의(戰意)가 일어난 그들에게 해걸루의 외침은 아무런 방해도 될 수 없었다.

"모두 죽여주마!"

십자성의 무사 중 가장 놀라운 활약을 보여주는 인물은 의외로 파간과 와한 두 젊은 고수였다.

그들은 교벽을 통과하며 각성한 신혈의 강력한 힘을 그대로 검에 담아내고 있었다. 그들의 검이 번쩍일 때마다 강력한 검기가 일어나 수룡사들을 수장시켰다.

두 사람의 무공은 그들보다 한 배분 윗대 고수라 할 수 있는 감문이나 이위령, 그리고 조어장을 이미 훌쩍 뛰어넘고 있었다. 감문 등은 이미 그 사실을 짐작하고 있었으나 실제로 이 두 사람의 진보된 무공을 보게 되자 어느 순간부터 손을 놓고 두 젊은이의 무공을 구경하고 있을 정도였다.

그리고 그 즈음 선실 문이 열리며 설루와 몽금, 그리고 적사몽이 갑판 위에 모습을 드러냈다.

그들은 처음 오손과의 추격전이 시작될 때 적풍의 권유대로 안전한 선실에 머물러 있었다.

그러다 수룡사들이 선체를 부수기 시작하면서 강력한 파열음과 거친 충돌 음이 이어지자 궁금함을 참지 못하고 선실 밖으로 나온 것이다.

그리고 다른 사람들과 마찬가지로 와한과 파간 두 젊은 고수의 놀라운 무공을 보고는 이곳이 적의 공격을 받고 있는 배 위라는 것도 잊은 채 두 사람의 싸움을 구경하고 있었다.

그러나 그런 그들의 행동은 자신들에게 결정적인 위험을 초래했다.

"이자들이?"

맹수처럼 날뛰는 십자성 고수들을 노려보고 있던 해걸루의 입에서 감출 수 없는 분노의 뇌까림이 흘러나왔다.

자신의 포효에도 아랑곳하지 않는 적들에 대한 분노와 와한과 파간이 보여주는 놀라운 무공에 대한 우려가 그로 하여금 손에 무기를 들게 했다.

그런 그가 첫 번째로 택한 무기는 활이었다. 해걸루가 어두운 신혈의 장막 속에 가려진 십자성의 고수들 대신 이제 막 선실에서 벗어난 설루, 이 살벌한 전장의 한가운데에서 고귀하게 빛나는 여인을 겨누었다.

달빛 아래 반짝이는 별처럼 빛나는 아름다움을 드러낸 설루를 향해 해걸루가 조금의 망설임도 없이 시위를 놓았다.

팟!

시위를 떠난 화살이 어둠을 뚫고 소름 끼치는 파공음을 일으키며 허공을 갈랐다.

그리고 그 순간 설루의 등 뒤에 있던 적사몽은 본능적으로 그들을 향해 무서운 위험이 다가오고 있다는 것을 깨달았다.

그의 피를 원하는 아바르의 영주가 있을 만큼 뛰어난 신혈의 기운을 지닌 적사몽은 본능이 경고하는 방향으로 시선을 돌렸다. 그리고 그들, 정확히는 설루를 향해 날아오는 한 대의 검은 철시를 발견했다.

설루는 십여 년의 수련을 통해 무림에서 자신 한 몸은 충분히 지킬 만한 무공을 지니게 되었지만 해걸루가 날린 저 은밀하면서도 강력한 묵빛 철시를 피할 상황이 아니었다.

아니, 설루는 철시가 그녀를 향해 날아오고 있다는 사실조차도 깨닫지 못하고 있었다.

"안 돼!"

적사몽의 입에서 날카로운 외침이 터져 나오고, 어린 그의 몸이 본능적으로 설루를 감싸며 몸을 틀어 등으로 설루를 보호했다.

그리고 그 순간에도 멈추지 않고 날아온 해걸루의 철시가 그대로 적사몽의 등을 관통했다.

퍼억!

"악!"

어린 적사몽의 입에서 비명 소리가 터져 나왔다.

"사몽!"

설루의 당혹한 목소리가 터져 나왔다.

"아가!"

설루가 재차 소리치며 본능적으로 적사몽을 끌어안았다.

"괜… 찮아요."

적사몽이 어깨 아래쪽 등을 꿰뚫고 지나간 화살이 박힌 채로 희미하게 말했다.

"주모! 선실로!"

설루에 대한 공격을 자신이 막지 못했다는 자책감에 벌겋게 얼굴이 달아오른 몽금이 급히 설루와 적사몽을 함께 안아 들고 선실로 몸을 숨겼다.

적풍은 설루와 적사몽이 몽금에게 안기다시피 선실로 피하는 모습을 묵묵히 지켜보고 있었다.

그의 표정에는 아무런 변화가 없었다. 아니, 조금은 우울해 보이는 것 같기도 했다.

여전히 그의 주변에선 수룡사들을 공격하는 십자성 고수들의 살기 어린 기운이 가득했지만, 그 속에서 적풍은 그저 설루와 적사몽이 들어간 선실 쪽을 바라보고 있었다.

그러다가 문득 고개를 돌려 오손의 배를 바라봤다. 어느새 오손의 대선장 해걸루가 다시 활에 시위를 걸어 적풍을 겨누고 있었다.

그 모습을 보고 있던 적풍이 나직하게 중얼거렸다.

"잘 쏴야 할 거다. 그 화살이 빗나가면 내가 널 벨 테니까."

물론 적풍의 읊조림이 해걸루의 귀에 들리지는 않았다.

그러나 활로 적풍을 겨누고 있던 해걸루는 십여 장 떨어진 거리임에도 불구하고 적풍의 경고를 알아들은 듯 보였다. 적풍이 자신을 향해 겨누고 있는 해걸루의 철시를 보며 전왕의 검을 잡아갔다.

그런데 그때 불쑥 단우하의 목소리가 들렸다.

"그 검은 안 됩니다."

전왕의 검을 쓰는 순간 자신들의 정체가 완전하게 드러남은 물론 칠왕의 땅 모든 강자의 시선이 자신들에게 쏠릴 것임을 걱정하는 단우하였다.

단우하의 만류에 적풍이 여전히 눈으로는 해걸루를 응시하며 대답했다.

"그렇군. 이놈은 안 되겠어."

"잘 생각하셨습니다."

"그러나 당신이 생각하는 그 이유 때문은 아니지."

"……?"

단우하가 적풍의 등 뒤에서 의아한 표정을 지었다. 그러자 적풍이 다시 입을 열었다.

"이런 싸움에선 다른 놈이 더 적합하단 뜻이오."

적풍의 천천히 등 뒤로 손을 돌려 불의 검을 잡아갔다. 적풍이 불의 검을 뽑는 순간 단우하의 얼굴이 당황으로 물들었다.

스르릉!

불의 검은 투박한 검집에서 채 벗어나기도 전에 그 위용을 드러냈다. 단우하의 얼굴까지 느껴지는 열기, 불그스름하게 변하는 검신. 그리고 단우하는 이 검을 본 적이 있었다.

"소공자, 그 검도 안 됩니다."

그러자 적풍이 고개를 돌려 단우하를 바라봤다.

"그 검을 쓴다면 세상의 이목이……."

불의 검이나 전왕의 검이나 모두 칠왕의 검. 세상의 이목을 끄는 것은 어느 것이나 마찬가지였다.

"세상의 이목 따위를 생각해 전왕의 검을 거둔 것이 아니오. 그따위 것, 더 이상 신경 쓸 생각 없소. 그리고 너무 걱정 마시오. 이제부턴 앞을 막는 자는 모두 베고 갈 생각이니까. 어쨌든… 아바르에만 가면 되는 일 아니오?"

"하지만……."

"또 혹시 아바르에 도착하지 못한다 해도 상관없소. 감히 설루에게 활을 쏜 놈을 살려둘 수는 없지."

탁!

말이 채 끝나기도 전에 적풍이 배의 갑판을 차고 허공으로 솟구쳤다.

허공에 떠오른 적풍이 배의 난간을 다시 한 번 찼다. 그러자 그의 몸이 화살처럼 해걸루가 타고 있는 오손의 전선을 향해 날아가기 시작했다.

"소공자!"

단지 공격해 온 적과 싸우는 것이 아닌, 직접 오손의 전선을 공격할 거란 생각은 전혀 하지 못한 단우하가 다급한 목소리로 적풍을 불렀다.

그러나 적풍은 이미 그의 배와 해걸루의 배 중간 지점에 도달해 있었다. 그리고 그즈음에서 적풍의 몸이 급격하게 하강했다.

아무리 대단한 무공의 고수일지라도 지지할 것 없는 허공을 새처럼 날아 십여 장 이상을 전진할 수는 없다.

그래서 적풍이 해걸루의 전선에 도달하지 못하고 수면으로 추락하는 것은 당연한 일이었다.

적풍의 움직임을 주시하고 있던 해걸루의 얼굴에 희미한 미소가 떠올랐다.

처음 적풍이 무서운 기세로 자신을 향해 날아올 때 본능적으로 느낀 긴장감은 적풍이 수면으로 떨어져 내리자 비웃음으로 바뀌었다.

수면에 떨어진 적은 결국 헤엄쳐서 자신의 전선에 닿아야 하는데 헤엄쳐 오는 적을 상대하는 것은 해걸루 본인이 나설 필요조차 없었다.

물론 여전히 적풍의 손에 들린 불그스름한 검이 신경 쓰이기는 했지만 설마 그 검이 자신이 언뜻 떠올린 그 전설의 검이라고는 생각되지 않았다.

그런데 해걸루의 여유는 오래 이어지지 못했다.

수면으로 떨어져 내린 적풍이 내려선 곳이 물이 아니라 그의 수하, 수룡사 중 한 명의 머리였기 때문이다.

뚝!

적풍의 발아래에서 뼈 부러지는 소리가 났다. 그리고 그 순간 적풍이 다시 허공으로 치솟아 올랐다. 적풍이 떠난 자리에 목이 부러진 듯 고개가 꺾인 수룡사 한 명이 그대로 물속으로 가라앉았다.

"놈!"

수룡사의 머리 밟고 떠오르는 적풍을 보며 해걸루의 눈에서 분노의 냉기가 흘러나왔다. 그의 손에 들린 활이 휘어졌다. 시위에 걸린 철시가 다가오는 적풍을 겨눴다.

팡!

강력하게 튕겨낸 활시위가 끊어질 듯 몸을 떨며 파공음을 만들어냈다. 그러자 시위를 떠난 화살이 무서운 속도로 적풍을 향해 날아들었다.

순간 적풍의 손이 전광석화처럼 움직였다.

탁!

적풍의 손이 허공에서 거칠게 요동치는 철시를 낚아챘다. 화살에 실린 강력한 신력으로 인해 해걸루의 전선으로 날아가던 적풍의 몸이 허공에 정지한 듯 보였다.

그러나 그것도 잠시, 적풍의 뒤쪽에서 이위령의 고함 소리가 들리더니 적풍의 발아래로 이위령의 창이 날아왔다.

"성주! 창을 밟으십시오!"

이위령의 고함을 듣는 순간 적풍의 몸이 허공에서 한 바퀴 회전했고, 그사이 이위령이 던진 창이 적풍의 발아래 도착했다.

탁!

적풍이 재주를 부리는 광대처럼 이위령의 창대를 밟았다. 그리고 그 힘으로 다시 적선을 향해 날아갔다.

믿기 힘든 적풍의 움직임에 도도하던 오손의 전사들조차 넋을 잃고 적풍을 바라봤다.

그 와중에 해걸루가 활을 던져 버리고 검을 뽑아 들었다. 길이가 다른 검보다 한 뼘은 긴 대신 검신이 얇은 편이라 배 위에서 적선과 근접했을 때 유용하게 쓰일 수 있는 해걸루의 검이다.

"와라!"

해걸루가 검을 말아 쥐고 오른쪽 가슴 앞에 세우며 소리쳤다.

그러나 적풍은 또다시 해결루의 예상과 벗어나는 행동을 했다. 그리고 그로 인해 오손의 전선이 일대 혼란에 빠져들었다.

고오오!

해결루가 지키는 전선 바로 앞까지 다가간 적풍이 불의 검에 충분한 진기를 주입했다. 그러자 불의 검에서 귀가 먹먹해지는 소리가 나더니 단번에 검신보다 두어 배는 긴 붉은 검기를 뿜어냈다.

화르르!

검에서 뻗어 나온 검기가 순식간에 불길에 휩싸였다. 그렇게 달궈진 불의 검을 치켜든 적풍이 해결루를 피해 옆으로 이동하며 그 뜨거운 불의 검으로 오손의 전선을 내려쳤다.

쩌어억!

강력한 진기를 머금은 불의 검을 따라 오선의 전선이 난간에 서부터 깊숙이 잘려 들어갔다.

검이 지나간 자리를 따라 불에 그슬린 듯한 검붉은 자국이 남았고, 급기야 적풍이 재차 휘두른 검에 돛대가 부러지더니 무너지는 돛과 돛대가 조각조각 베어졌다.

화르르!

불의 검에 베어지면서 검의 뜨거운 열기에 질긴 가죽으로 만든 돛에 불이 붙었다. 습기를 막기 위해 기름을 먹여 만든 돛은 일단 불이 붙자 무서운 속도로 불길을 일으켰다.

단번에 오손의 전선이 불길에 휩싸였다. 적풍이 그제야 여전히 검을 든 채 자신을 바라보고 있는 해결루에게 시선을 주었다.

"넌 대체 누구냐?"

해걸루가 분노를 억누르며 조용히 물었다.

이제 해걸루는 적풍이 든 검의 실체를 알고 있었다. 진기를 주입했을 때의 모습은 오래전 그가 본 한 절대자의 검, 바로 그것이었다.

수십 년 전 이 세상에서 사라졌다고 알려진 검, 지열을 만들어내는 화기의 정수가 모여 있다는 전설의 신화지왕의 검이 바로 그것이었다.

이 땅의 사람들에게 보통 불의 검이라 불리는 이 전설적인 검은 칠왕의 검 중 하나에 속하며, 신혈족의 무황에 의해 불의 성이 몰락할 때 이 세상에서 사라졌다.

그런데 오늘 겨우 도람석이나 훔쳐 가는 도적에 의해서 다시 그 모습을 세상에 드러낸 것이다.

해걸루에게는 황당한 일이 아닐 수 없었다.

그리고 이 황당한 일의 주인공이 궁금할 수밖에 없었다. 어쩌면 이자의 등장은 칠왕의 땅에 커다란 변화를 가져올 수도 있었다.

"내가 누구인지는 중요치 않아."

적풍이 해걸루를 향해 걸어가며 말했다.

순간 해걸루는 놀랍게도 두려움을 느꼈다. 칠왕의 땅에서 칠왕의 혈족들은 그 누구에게도 두려움을 느끼지 않는다. 그들이 곧 이 땅의 주인이라는 자신감이 오랜 세월 지나며 그들에게서 두려움을 앗아간 것이다.

그런데 해걸루는 적풍에게서 두려움을 느꼈다. 불의 검을 든 이 절대적 기운의 존재는 마치 신검의 주인들인 칠왕을 보는 것 같았다.

더군다나 검은 사자들과 비슷한 자들을 이끌고 있다면······.

"아바르의 숨겨진 실력자인가?"

해걸루가 다시 물었다. 그렇게 의심할 수밖에 없었다.

불의 성을 몰락시킨 장본인이 무황과 검은 사자들이니 불의 검을 그들이 가지고 있을 가능성은 충분했다.

"그따위는 중요치 않다니까."

해걸루 앞으로 다가온 적풍이 다시 말했다.

"그럼 대체 네게 중요한 것은 뭐냐?"

해걸루가 물었다.

"지금 중요한 것은 네가 감히 내 여자에게 활을 쏘았다는 사실이야. 그것으로 네 운명을 결정되었다."

적풍의 말에 해걸루의 눈이 푸르스름하게 변했다. 마치 새파란 불길이 쏟아지는 듯한 모습이다.

"전장에 선 자는 누구나 공격의 대상이지. 그것이 여인이든 아이든."

"그래? 과연 그로 인해 네 머리가 떨어져도 그런 생각이 들까?"

"감히 오손의 전선에서 나 해걸루를 죽일 수 있겠느냐?"

해걸루가 검을 들어 적풍을 겨눴다. 그러자 적풍이 불의 검으로 배의 갑판을 스윽 그었다.

화르르!

불의 검이 지나간 자리를 따라 불길이 일어나 배의 갑판을 태우기 시작했다.

"너뿐만 아니라 오늘 이곳에 온 자 모두가 죽을 것이다. 그게 그 대단한 오손인지 아닌지는 내 알 바 아니고! 살 수 있다면 살아봐라!"

쿵!

적풍이 한 발을 내디뎠다.

그 순간 강력한 파열음이 일어나며 타들어가던 갑판이 허물어졌다. 적풍이 훌쩍 몸을 날려 자신이 만든 빈 공간을 넘어서며 그대로 해걸루를 공격했다.

화르르!

뜨거운 열기를 이겨내지 못하고 불의 검이 열기를 토해냈다. 그 뜨거운 열기가 금세 해걸루의 이마에 내리꽂혔다.

순간 해걸루 역시 사선으로 검을 그어 올렸다.

차앙!

어두운 밤, 뜨거운 불길 속에서 두 개의 검이 격돌했다.

그리고 다음 순간 해걸루는 자신이 처음 느낀 두려움, 칠왕을 마주한 것 같은 그 두려움이 기우가 아니었음을 깨달았다.

제3장
아들

쿠쿠쿵!

해걸루가 긴 검을 정신없이 휘두르며 계속해서 뒤로 물러났
다. 그가 찍어대는 발 구름 소리가 선체를 부술 기세로 터져
나왔다.

몇 번의 발 구름으로 선체가 더 심하게 부서졌지만 해걸루
는 배의 안전 따위를 생각할 여유가 없었다. 강하게 발을 갑판
에 박아 넣지 않으면 적풍이 일으키는 불의 검의 강력한 힘에
그대로 휩쓸려 갈 것 같았기 때문이다.

우우웅!

적풍의 검이 허공을 가를 때마다 검에서 뿜어지는 열기가
진기로 변해 해걸루를 압박했다.

그런데 뒤로 밀리고 두려움에 젖어 있으면서도 해걸루는 어쨌거나 적풍의 공격을 막아내고 있었다.

적풍의 무공과 불의 검이 지닌 신령스러운 힘을 생각하면 해걸루의 능력도 예상보다 훨씬 강했다.

"자부심을 가질 만하구나!"

비틀거리면서 두어 걸음 다시 뒤로 물러난 해걸루를 보며 적풍이 중얼거렸다.

"아바르가 아니라 신화지왕의 후예였는가?"

해걸루가 곧 쓰러질 듯 흔들거리는 몸을 애써 바로 세우며 물었다. 처음 아바르에서 온 인물이라 확신하던 해걸루의 생각이 흔들린 것은 적풍이 불의 검을 너무 능숙하게 다루었기 때문이다.

칠왕의 검은 모두 세상을 지배할 수 있는 신검이지만 누구나 다룰 수 있는 것은 아니었다.

일곱 개의 검마다 그 힘을 통제할 수 있는 기운을 타고난 자만이 칠왕의 검을 다룰 수 있었다.

그런데 적풍은 불의 검을 아주 능숙하게 다루고 있었다. 이건 오직 신화지왕의 피를 이은 자만이 가능한 일이었다.

해걸루로서는 적풍이 불의 검을 다루기 위해 검을 얻은 그 순간부터 십 년 넘게 고심해 왔고, 최근 들어서는 그 힘을 어느 정도 통제할 수 있는 경지에 들었음을 알 리 없었다.

"신화지왕의 후예를 만난 적은 있지."

"허면……?"

"그에게 얻은 검이야. 제법 쓸모가 있어."

"설마 불의 검을 손에 든 신화지왕의 후예를 꺾었단 말이냐?"

해걸루가 믿을 수 없다는 듯 되물었다. 비록 자신을 공격하는 이 무지막지한 힘이 놀랍기는 해도 이 땅에서 칠왕은 사람이 아닌 신(神)적 존재로 여겨졌다.

당연히 오손의 일족인 해걸루조차도 칠왕에 대해선 감히 대항할 수 없는 두려움을 느낀다. 당장 자신의 주군인 오손의 왕 하막을 만날 때도 감히 그 눈을 정면에서 바라보지 못한 해걸루였다.

그런데 비록 몰락했다고는 해도 불의 검의 주인을 꺾고 그 검을 얻었다는 것은 믿기 어려웠다.

하지만 이자가 허튼소리를 할 것 같지는 않았다.

"어렵긴 했지. 하지만 불가능한 일은 아니었고."

"그렇다면 결국 아바르인가?"

"글쎄, 인연이 아주 없다고는 할 수 없지만 그곳에서 살아본 적은 없어."

적풍이 대답했다.

"허면 대체 어디서 온 자냐? 도람석의 밀매는 또 뭐고? 설마 정말 그저 밀매업자일 뿐인가?"

해걸루가 당혹스러운 표정으로 물었다.

"그 대답은 잠시 후에 해주지. 먼저 내 사람에게 활을 쏜 대가를 받고."

촤아악!

잠깐의 대화로 끊긴 적풍의 공격이 벼락처럼 다시 시작됐다. 그 갑작스러운 공격에 해결루가 급하게 검을 들어 불의 검을 막았다.

콰르르!

두 개의 검신이 부딪치는 순간 해결루의 얼굴이 붉은 열기에 덮였다.

"흡!"

해결루가 자신도 모르게 얼굴을 돌렸다. 그러면서도 두 손에 쥔 검에 모든 힘을 모아 적풍의 검을 밀어냈다.

해결루 역시 칠왕의 한자리를 차지하고 있는 오손의 일족, 그의 몸에 깃든 신력은 신혈족을 능가했다.

애초에 신혈족의 탄생이 칠왕 일족에게서 시작된 것이고, 굳이 혈통의 순수함으로 보자면 신혈족은 칠왕 일족에 비할 수가 없었다.

해결루는 그런 칠왕 일족 중에서도 오손의 대선장 자리에 오른 자다. 그러니 그의 신력은 의심할 바가 아니었다. 그 신력으로 불의 검을 밀어내는 해결루의 힘은 단순한 근육의 힘과 비교할 수 있는 수준이 아니었다.

그런데 불의 검을 통해 느껴지는 강력한 해결루의 힘에도 적풍은 가벼운 미소를 지었다.

"이것이 칠왕 일족의 힘이군. 스스로 신이라 자처하는."

불의 검을 손에 든 채 중얼거리는 적풍을 보며 해결루가 질린 듯 물었다.

"너 같은 괴물이 도대체 어떻게 나타난 거지?"

"이제는 말해줘도 되겠군."

적풍이 대답했다.

"무슨 뜻이냐?"

해걸루가 불쑥 솟구치는 불안감에 흠칫하며 되물었다.

"당신이 죽을 때가 되었단 뜻이지."

적풍의 말이 채 끝나기도 전에 해걸루는 자신의 몸을 뚫고 들어오는 차가운 기운을 느꼈다. 그 서늘한 기운이 해걸루의 몸을 관통하자 해걸루는 자신의 몸에서 솟아나던 신력이 한꺼번에 빠져나가는 듯한 느낌을 받았다.

"커억!"

해걸루가 뒤늦게 신음을 흘리며 시선을 아래로 내렸다. 그러자 그의 몸을 꿰뚫고 지나간 묵빛 검이 눈에 들어왔다.

"이, 이게 대체⋯⋯!"

"알겠나?"

"설마 전왕의 검?"

"역시 눈이 좋군."

적풍이 대답했다.

"넌⋯ 대체 누구냐?"

"난 명계의 사람이다. 그리고⋯⋯."

적풍이 해걸루의 귀에 입을 바싹 대고 무슨 말인가를 나직하게 읊조렸다.

"설마……?"

"아닌 것 같은가?"

숨이 잦아드는 해걸루에게 적풍이 물었다. 그리고 그 순간 해걸루는 적풍이 자신에게 한 말이 거짓이 아님을 깨달았다.

"사실이구나."

"물론!"

"이걸… 이걸 어떻게 믿으란 말인가? 칠왕의 검 두 개를 가진 무황의 아들이라니. 이게 현실이라면 이 땅은……"

"기대해도 좋을 거야."

적풍이 대답했다.

그 순간 해걸루가 뭔가 아쉬움이 묻어나는 듯한 표정을 지으며 그 자리에 허물어졌다.

쿵쿵!

적풍이 걸음을 옮길 때마다 배의 갑판이 부서져 나갔다. 그의 발이 배를 부수고, 그가 휘두르는 불의 검이 배를 태웠다.

오손의 배에서 대선장 해걸루가 죽은 이후에는 적풍을 막는 자가 더 이상 없었다. 그래서 적풍은 마치 산보하듯 오손의 전선을 옮겨 다니며 적선을 불살랐다.

적이 대항을 포기하자 십자성의 고수들도 오손의 배에 뛰어올라 적선을 파괴하기 시작했다. 반면 오손의 전사들은 물속으로 뛰어들어 도주하기 바빴다.

물속에서는 그 누구도 오손의 전사들을 잡을 수 없기에 십자성 고수들은 적선 다섯 척을 모두 침몰시키는 것으로 이 싸움을 끝냈다.

그렇게 믿기 힘든 결과를 만들어낸 적풍과 십자성의 고수들이 배로 돌아왔을 때 단우하는 기대와 근심이 뒤섞인 표정으로, 타림의 상인 야르간은 두려움이 가득한 눈으로, 타르두는 환희에 찬 표정으로 적풍 일행을 맞이했다.

"수로는 멀었소?"

배로 돌아온 적풍이 한 첫말은 남은 길에 대한 것이었다. 그러자 야르간이 얼떨결에 대답했다.

"아, 아닙니다."

야르간이 자신도 모르게 지금까지완 다른 말투로 대답했다.

그러나 그 누구도 그의 말투가 변한 것을 이상하게 느끼지 않았다. 왜냐하면 지금 장내에 있는 사람이라면 누구나 그와 같은 반응을 보였을 것이기 때문이다.

"얼마나 남았소?"

"바로 저깁니다."

야르간이 얼른 손을 들어 배 앞쪽을 가리켰다.

야르간이 가리킨 지점에서 한 개의 횃불이 별처럼 빛나고 있다. 아마도 앞서간 타림의 상선에서 올린 횃불일 것이다.

"좋소. 감문!"

"예, 성주!"

온몸이 적의 피로 얼룩진 감문이 호기롭게 대답했다.

"이제부턴 그대가 맡는다. 난 아이에게 가봐야겠다."

"참, 사몽은 어찌 되었습니까?"

감문이 적풍의 명을 뒤로하고 단우하에게 물었다. 단우하는 오손 전사들과의 싸움에 참여하지 않았으므로 배 안의 사정을 가장 잘 알고 있을 사람이다.

"다행히 죽지는 않았으나 위험한 상태인 것 같네. 나도 자세히는… 소주모께서 치료하고 계시는데 표정이 밝지 않으셨네."

단우하가 대답했다.

"그럼 걱정이군요. 주모님의 의술로 안 된다면……."

감문이 어두운 안색으로 말을 흐렸다.

"죽일 놈! 아니, 벌써 죽기는 했군. 여자와 아이를 향해 활을 쏘다니. 흥! 칠왕의 족속이란 자들, 도도한 만큼 전장의 법칙을 아는 자들이라 생각했거늘 이제 보니 수적과 다를 바가 없는 놈들이 아닌가? 빌어먹을 놈들 같으니라구!"

이위령이 죽은 해걸루에게 욕설을 퍼부어댔다.

"아무튼 이제부턴 그대의 몫이다, 배 위의 일은."

적풍이 다시 감문에게 말했다.

"걱정 마십시오. 오손 놈들이 몰살했는데 누가 또 우릴 쫓겠습니까?"

"그래도 경계를 늦추지 마라."

"물론입니다. 믿어주십시오."

감문이 고개를 숙여 보였다. 그러자 적풍이 고개를 한 번 끄떡이고는 선실로 걸음을 옮겼다.

적풍이 사라지자 그제야 크게 숨을 쉰 야르간이 타르두 쪽으로 가려는 감문을 붙들며 물었다.

"대체 당신들… 누구요?"

"못 봤소?"

"……?"

"해걸루가 죽기 전까지 그걸 주군께 물어보는 것 같던데, 그 모습을 못 봤느냔 말이오."

"…그랬소?"

야르간이 두려운 듯 되물었다.

"내 말인즉, 그 대답을 들으려면 죽어야 한다는 뜻이오. 어떻게, 의향이 있으시오?"

감문이 비릿한 미소를 지으며 물었다.

"아, 아니오. 난 장사치요. 재물이 안 되는 일에는 목숨을 걸지 않소. 대답하지 마시오."

야르간이 얼른 손을 저었다.

"후후후, 현명한 판단이오. 노인장, 서둘러 주시오!"

감문이 여전히 키를 잡고 있는 타르두에게 소리쳤다.

"걱정 마시오. 싸움은 몰라도 배를 모는 일은 나도 당신들의 싸우는 재주만큼 재주가 있으니까."

"허허, 그렇소? 그런데 배가 제대로 가긴 하겠소?"

감문이 너털웃음을 지으며 물었다.

감문이 걱정할 만큼 타르두의 배는 수룡사들의 공격으로 심하게 손상되어 있었다.

"물론이오. 내가 그렇게 허술하게 배를 만들었겠소? 단지…

파묵 녀석이 고생일 거요. 아직도 물을 퍼내고 있을 테니."

"아 참, 그렇군. 와한! 파간! 가서 도와라!"

감문이 와한과 파간 두 젊은 고수에게 소리쳤다.

"알았습니다!"

와한과 파간이 얼른 고개를 숙여 보이고는 파묵이 물을 퍼
내고 있을 배 아래로 서둘러 내려갔다.

설루의 뺨에 한 줄기 눈물이 흘렀다. 그녀의 손은 계속해서
적사몽의 얼굴을 쓰다듬고 있었다.

적사몽은 나무로 만든 허름한 선실 침상에 누워 있었다. 어
깨와 가슴 사이를 관통해 나온 화살은 이미 뽑혀 있었지만 그
로 인해 흘린 피로 적사몽의 몸은 온통 피투성이였다.

상처 난 부위는 흰 천으로 덮여 있어서 적풍의 눈에 보이지
않았다.

적사몽의 몸 곳곳에 침이 꽂혀 있고, 몽금과 또 다른 십자성
의 여고수 금화가 침통한 표정으로 적사몽을 내려다보고 있다.

"어때?"

선실 문을 열고 잠시 설루와 적사몽을 지켜본 적풍이 아무
일 없다는 듯 안으로 들어서며 물었다.

"어떻게 됐어?"

설루가 대답하는 대신 고개를 돌려 적풍에게 되물었다.

"응?"

"그자 말이야."

눈물이 어린 설루의 얼굴에서 분노가 느껴졌다.

"죽었어."

"당신이?"

"음……."

"좋아."

설루가 고개를 끄떡이고는 다시 고개를 돌려 적사몽을 살폈다.

"아이는 어때?"

적풍이 크게 걱정하지 않는다는 말투로 물었다.

"삼 할이나 될까."

설루가 길게 한숨을 쉬며 대답했다.

삼 할이라면 쉽지 않다고 적풍은 생각했다.

설루는 무림에서 가장 뛰어난 의술을 지닌 천의비문의 비기를 수련한 의원이다. 그런 설루가 삼 할의 생존을 말했다면 정말 위험한 상태인 것이다.

"그래도 살 거야. 애초에 명이 긴 아이야."

적풍이 적사몽이 누워 있는 침상으로 다가서며 말했다.

"살아야지."

설루도 단호하게 말했다.

"내가 도울 일 없을까?"

적풍이 물었다.

"진기를 좀 빌려줘."

보통의 경우라면 절대 할 수 없는 부탁이다. 아무리 대단한 절정의 무림 고수라도 진기를 나누어 준다는 것은 자신의 생명 일부를 나누어 주는 것과 같았다.

그러나 적풍은 망설이지 않았다. 적사몽이 아니었다면 누워 있을 사람이 설루였기 때문이다.

"진기면 돼?"

"피도 필요해."

설루가 다시 말했다.

"그러지."

적풍이 망설이지 않고 대답하자 몽금이 놀란 표정으로 급히 입을 열었다.

"제가… 제가 하겠습니다. 성주님까지 나설 일은……."

"아니, 이 사람이 해야 해요."

설루가 단호하게 말했다.

"왜……?"

"첫째, 우리 중 이 사람의 피와 공력이 가장 뛰어나기 때문이고, 둘째, 이 사람의 아내인 나를 구하다가 이 아이가 이렇게 된 것이기 때문이에요. 그리고……."

"또 다른 이유가 있습니까?"

몽금이 물었다.

"이 아이가 곧 우리의 아이가 될 것이기 때문이지요."

그 말을 하며 설루가 고개를 돌려 적풍을 바라봤다. 설루의 의도는 확실했다. 그녀는 적사몽을 적풍과 자신의 아이로 받아들이려 하고 있었다.

교벽을 통해 칠왕의 땅으로 오기 전 십자성의 사람들이 내내 걱정하던 일이 있었다. 바로 십자성의 성주 적풍과 그 부인 설루 사이에 후사가 없다는 것이었다.

적풍과 같은 절대자의 경우 후사가 없으면 다른 여인을 취해 대를 잇는 것이 보통이지만, 십자성의 고수들은 적풍이 설루 이외의 여인을 취하지 않을 거란 사실을 너무도 잘 알고 있었다.

그래서 적풍의 후사는 결국 설루를 통해서만 이어질 수 있는데, 이 두 남녀는 누구도 부러워할 금슬을 자랑했지만 십 년이 넘게 함께 지내면서도 아이를 두지 못한 것이다.

물론 적풍은 아이에 대해선 무심한 듯 보이기도 했다.

하지만 설루는 달랐다. 가끔 몽금과 둘만 있을 때는 아이에 대한 초조함을 보이기도 했다.

그런 설루가 자신이 낳지 않은 아이 적사몽을 적풍과 자신의 아이로 받아들이려 하고 있었다.

"주모!"

설루의 말에 몽금이 당황한 표정으로 설루를 부르면서도 재빨리 적풍의 눈치를 살폈다.

비록 누군가와 혼인을 한 것은 아니지만 몽금은 사내들이 가진 자신의 핏줄에 대한 본능적이 욕망을 알고 있었다. 그래서 자신의 핏줄이 아닌 적사몽을 아들로 들이자는 설루의 말을 적풍이 어떻게 받아들일지 걱정스러웠던 것이다.

그런데 적풍은 몽금의 걱정과는 달리 너무나 쉽게 설루의 말에 동의했다.

"당신이 그렇게 하고 싶다면 그렇게 해."

"나만 원하는 일인 거야?"

설루가 조금 더 진지한 표정으로 물었다.

"아니, 나도 좋아. 녀석을 처음부터 눈여겨보고 있었지. 어릴 때의 나와 너무 닮았어. 그래서 마음에 들었어."

"그런 내색 안 했잖아?"

"당신이 어떻게 생각할지 몰랐으니까."

적풍이 대답했다.

적풍도 설루가 마음속에 품고 있는 두 사람의 아이에 대한 초조함을 알고 있었다. 그래서 오히려 십자성에서도 어린아이들에게 특별한 관심을 보이지 않은 적풍이다.

"그랬구나. 고마워."

설루가 손을 들어 아이처럼 눈에 맺힌 눈물을 닦으며 말했다.

"피를 먼저 줄까, 진기를 먼저 줄까? 이 두 가지를 모두 주면 이 녀석은 정말 내 아들이 되는 것이군."

적풍이 물었다.

그러자 설루가 대답했다.

"피가 먼저야. 너무 많이 흘렸어."

"좋아, 그럼 시작하자고."

적풍이 몸에서 세 개의 검을 풀어내며 말했다.

배의 흔들림은 수로로 들어서는 순간 끝났다. 수로는 늪처럼 잔잔했다. 물이 검어서 손을 대면 끈적끈적한 진흙이 묻어날 것만 같았다. 하지만 막상 떠 올려보면 투명하게 맑은 물이었다.

수초가 무성하고 굽이진 수로를 따라 수백 년은 묵었음 직한 나무들이 수로를 동굴처럼 감쌌다.

그 안으로 배가 들어가는 것이 신기할 정도였는데, 어디서 보아도 수로의 존재를 발견하기 어려웠다.

그러나 그렇다고 해도 오손의 전사들에게 이 수로가 발견되지 않았다는 것은 신기한 일이었다.

어쩌면 오손에서도 이곳에 수로가 있다는 사실을 알고 있을지도 모른다. 다만 이곳을 통해 누군가가 이동할 수도 있을 거라는 생각은 하지 않을 수도 있었다.

어쨌든 그렇게 배는 타림의 세 척 상선과 함께 수로 깊이 들어와 느리게 이동하고 있었다.

다행인 것은 추격자가 없다는 것. 하긴 적풍 등과의 싸움에서 살아남은 오손의 전사들이 그들의 왕에게 싸움의 전말을 고하는 데만도 며칠이 걸릴 일이다.

더군다나 추격자가 나선다고 해도 그들은 세 어머니의 호수를 수색할 뿐, 이 비밀스러운 수로를 수색하지는 않을 것이다.

그리고 더 중요한 것은 십자성의 무사들조차도 눈치채지 못한 환영의 영역이 수로 곳곳에 존재한다는 사실이다.

오래전부터 타림의 상인들이 비밀리에 준비한 이 환상의 영역은 무림의 진법과 같아서 오손의 전사들이 수로에 들어온다 해도 그들을 전혀 엉뚱한 방향으로 나아가게 할 것이다.

그래서 추격에 대한 걱정은 한시름 놓았지만 새로운 걱정이 적풍 일행을 근심에 들게 하고 있었다.

"오늘도 마찬가집니까?"

머리 위로 스쳐 지나가는 거대한 나무숲을 보던 이위령이 선실에서 나오는 감문에게 물었다.

그러자 감문이 가볍게 고개를 저었다.

"벌써 삼 일쨌데 너무 오래 걸리는군요."

이위령이 걱정스러운 표정으로 중얼거렸다.

"그러게 말일세. 사몽도 사몽이지만 성주님이 더 걱정일세."

"오늘도 수혈을 하십니까?"

"음."

"좋지 않군요. 우리가 비록 특별한 체질을 타고났고 무공을 수련해 진기의 힘을 이용할 수 있다 해도 결국 사람 아닙니까? 사람의 피를 이렇게 계속 뽑아 쓴다는 것은……."

"그래도 아무 말 말게."

"그야 그렇지요. 이미 두 분이 사몽을 아들로 삼기로 했는데 무슨 말을 하겠습니까? 자식을 위해선 목숨도 아깝지 않은 사람들이 부모라는 존재인데……."

"처음부터 이렇게 될 것 같았어."

감문이 말했다.

"그렇지요? 사몽과 주모님은 만나는 순간부터 특별했지요. 이후에도 줄곧 같이 지냈고, 주모께서 사몽을 보통 이상의 감정으로 대하신다는 느낌을 이미 받고 있었지요. 그 와중에 주모님을 대신해 화살을 맞았으니……."

"성주님은 좀 의외이고."

"저도 그렇습니다. 성주께선 본래 사람의 정에 대해선 좀 냉정한 편인데… 이번만큼은 전혀 다른 사람을 보는 것 같습니다. 역시 주모님을 살린 것 때문일까요?"

이위령이 물었다.

"영향이 없다고는 할 수 없지만 가만 보면 꼭 그래서는 아닌 것 같아. 그동안 성주께서도 사몽을 눈여겨보고 계셨던 모양이야."

"그런가요?"

"음, 하긴 이제 생각해 보면 참 특별한 아이이기는 하지."

"맞아요. 강단도 강단이지만… 그 화살을 맞고 어찌 살아남았을까요?"

"신혈도 보통 신혈이 아닌 거지. 어려서 혹독한 고난을 겪고도 살아남았으니 운도 강한 아이이고. 아무튼 살아난다면 그 자체로는 나쁘진 않네. 다만 성주님의 건강이 걱정스러울 뿐이지."

"너무 걱정 마십시다. 성주님이 어떤 분이시오."

"그렇긴 하지. 성주님은 성주님이니까."

감문이 고개를 끄떡였다.

그러자 이위령이 한순간 고개를 뒤쪽으로 돌리며 말했다.

"그나저나 정말 대단하지 않아요? 타림의 술사들이 한 일이라는 게."

이위령의 손이 그들이 지나온 수로 뒤쪽을 가리켰다.

그의 손이 이른 곳에는 방금 전 지나온 물길이 사라지고 빽빽하게 들어선 숲이 무성하게 펼쳐져 있었다.

단지 수로가 숲에 가려진 모습이 아니었다. 숲 아래로 물이 아니라 낙엽 쌓인 땅처럼 보였다.

"진법 같으면서도 진법이 아니라더군."

"술사들이라고 했죠?"

"음."

감문이 고개를 끄떡였다.

"무림에도 간혹 그런 자들이 존재했지요. 흑마공이라거나 환술을 쓰는 자들 말입니다."

"그렇긴 해도 이곳의 술사들은 좀 다른 것 같아. 만나면 조심해야 할 것 같군."

"알겠습니다. 그런데 상인들에게 자신을 재주를 파는 술사들도 이 정도인데 정령의 왕이란 자는 얼마나 대단한 자일까요?"

이위령이 두려운 빛으로 물었다.

"듣자 하니 그는 보통의 술사들과는 전혀 다른 능력의 존재라고 하더군. 사물의 정기를 이용할 수 있고 예지의 능력도 있다고 하던데?"

감문이 대답했다.

"에이, 사람이 어떻게 앞일을 예측해요. 그건 다 사람을 현혹

시키는 사기꾼들이 지어낸 말이지."

"예전 같으면 나도 그렇게 생각했겠지만 지금은 아니야. 밀교의 문으로 이어진 이 두 개의 세상, 그건 설명이 되나?"

감문의 질문에 이위령의 말문이 막혔다. 그러자 감문이 다시 말했다.

"우린 일단 이 땅에서 일어나는 모든 일을 선입견 없이 받아들일 필요가 있어. 아니면 큰 위험에 빠질 수도 있다."

"그렇군요. 생각해 보니 우린 정말 이상한 땅에 와 있군요."

이위령이 굳은 표정으로 대꾸했다.

사람의 마음을 절로 차분하게 만드는 향이 선실에 가득했다.

야르간의 말로는 칠왕 중 정령의 왕이 지배하는 땅에서 나는 신비로운 향초(香草)로서 허약한 심신을 재생시키는 효능이 있다고 했다.

그 귀한 향초를 선뜻 내준 것은 야르간이 처음과 달리 적풍에게 두려움과 존경의 마음을 동시에 느끼고 있기 때문이었다.

아무튼 그 향초를 피운 이후 여전히 정신을 잃고 있지만 적사몽의 맥은 한결 안정되었고, 극도로 흥분한 상태이던 설루의 심기도 많이 진정되었으니 향초가 정말 큰 효능을 지닌 것은 분명했다.

"힘들지 않아요?"

사람들이 없을 때 설루가 적풍에게 존대를 하는 것은 극히 드문 일이다. 그러나 오늘은 설루도 적풍을 조심스럽게 대할 수밖에 없었다.

벌써 삼 일째 다량의 피를 뽑아 아침저녁으로 적사몽에게 투여하고 있는 적풍이다. 아무리 무공의 고수라도 이런 일은 자칫 큰 위험을 초래할 수 있었다.

설루는 그 일이 마치 자신 때문에 일어난 일 같아서 적풍에게 미안한 마음을 감출 수 없었다.

"힘들긴, 아무렇지도 않으니까 걱정 마."

적풍이 피를 뽑은 팔을 흰 천으로 조여 매며 미소를 지었다.

"미안해요."

설루가 말했다.

"무슨 소리야? 당신 때문에 일어난 일이 아니야. 그러니 그런 생각 하지 마."

"하지만 이 아이를 고집한 것은 나였으니까."

"정말 그렇게 생각해?"

"아니에요?"

"루 당신은 가끔 자기 자신을 너무 과대평가할 때가 있단 말이야. 특히 나에 대해선."

"그게 무슨 말이에요?"

"당신이 아니었어도 난 녀석을 받아들였을 거야. 물론 지금보다는 신중했겠지. 아들이 아니라 제자였을 수도 있고."

"정말?"

적풍의 말이 반가웠는지 설루의 입에서 버릇처럼 반말이 흘러나왔다.

"그렇다니까? 재질이 탐도 났지만 이상하게 남 같지 않아서……."

"정말 그래요? 그렇다면 나도 부담이 좀 덜하네."

설루가 빙그레 미소를 지었다.

"그런데 언제나 깨어날까?"

적풍이 걱정스러운 표정으로 적사몽을 보며 물었다. 그러자 설루가 부드러운 손으로 적사몽의 얼굴을 쓰다듬으며 말했다.

"걱정 마요. 이제 곧 깨어날 테니까."

다시 존대를 하는 설루다.

"그래?"

"맥이 정상으로 돌아온 것이 오늘 아침이니 이제 곧 정신을 차릴 거야."

"그렇군. 그런데 걱정이야."

"뭐가?"

중구난방으로 이어지는 말투가 혼란스러울 만도 하지만 적풍은 설루의 이런 말투를 줄곧 대해 왔기에 전혀 신경 쓰지 않는 모습이다.

"우리 생각이야 그렇지만 이 아이의 생각은 모르니까."

적풍의 말에 설루의 표정도 심각해졌다.

"듣고 보니 그러네. 이 아이가 싫다고 하면 모든 게 허사니까. 그런데 싫다고 할까? 당신처럼 강한 사람의 아들이 되는 일인데?"

"나라면 고민 좀 하겠어."

"왜?"

"내 아버지가 누군지 알게 된다면 내 아들이 되는 일이 얼마나 골치 아픈 일인지 알 테니까. 더군다나 아바르의 신혈 전사들에 대해 좋은 감정을 갖고 있는 것도 아니고."

적풍이 중얼거렸다.

"그렇긴 하구나. 생각해 보니 당신 아들이 되는 일은 보통 일이 아니었어. 아! 당신 정말 어려운 사람이야."

"그렇게 되는 건가?"

"그럼. 그러니 나한테 정말 고마워해야 한다고. 평생 당신같이 어려운 사람 곁에 머물러 주고 있잖아."

"후후, 알았어. 평생 그 은혜 잊지 않지."

적풍이 가볍게 웃음을 흘렸다.

그런데 그때였다. 갑자기 두 사람 귀에 모기 소리만 한 목소리가 들려왔다.

"아저씨… 아버지가… 누군데요?"

처음에 그 미약한 소리를 들었을 때 적풍과 설루 모두 분명히 사람의 목소리를 들었음에도 그들의 본능이 자신들이 들은 말을 받아들이지 않으려 했다.

끊어질 듯 이어지는 목소리의 미약함 때문은 아니었다. 그보다는 그 말을 할 사람이 선실에 오직 한 명뿐이었기 때문이다.

하지만 이내 그 목소리의 주인공이 그들이 그토록 깨어나길 바라던 사람임을 알아채고는 얼른 적사몽 옆으로 다가갔다.

"사몽!"

본능의 의심을 떨쳐 버린 설루가 얼른 적사몽의 손을 잡았다.

"아주머니……."

"정신이 드니?"

"저, 죽지 않은 건가요?"

"그럼그럼. 내가 절대 널 죽게 내버려 두지 않을 거야. 아! 사몽!"

깨어날 줄 알고 있었지만 막상 적사몽이 깨어나자 설루는 어쩔 줄 몰라 했다. 그런 그녀를 보며 적사몽이 물었다.

"그런데 아저씨의 아버지가 누구예요? 누군데 그렇게 걱정을 하신 거죠?"

"들었니?"

설루가 물었다.

"처음에는 꿈결인 듯싶었어요. 하지만 결국 제가 깨어났다는 것을 알았죠."

"그랬구나. 그럼 우리 생각도 알겠지?"

"정말… 절 아들로 받아주실 건가요?"

"너만 좋다면 우린 그렇게 하고 싶단다."

설루가 적사몽의 얼굴에 흘러내린 머리칼을 걷어 올려주며 말했다.

"저에겐 큰 행운이죠. 사실 처음부터 아주머니가 어머니처럼 느껴졌으니까요. 그런데… 아저씨의 아버지가 누군데요?"

적사몽이 다시 물었다.

그러자 설루가 고개를 돌려 적풍을 바라봤다. 적풍이 내력

을 밝히는 것은 오직 적풍이 결정했을 때만 가능한 일이다. 그
것이 설혹 설루라 해도.

"내 아들이 되려면 나에 대한 모든 것을 알아야겠지."

적풍이 덤덤하게 대답했다.

"듣고 나서 싫다고 하면요?"

적사몽이 당돌하게 물었다.

그러자 적풍이 자리를 털고 일어나며 말했다.

"처음부터 널 눈여겨보고 있었다. 그래서 네 눈빛을 읽을 수
있다. 넌 일단 약속한 일은 다시 뒤집지 않는 성격이란 것도 안
다. 이야기는 아주머니께 들어라. 난 좀 쉬어야겠다."

적풍이 그 말을 하고는 자리에서 일어나 선실을 나갔다. 그
러자 적사몽이 걱정스러운 표정으로 물었다.

"정말 아저씨가 동의하신 게 맞나요?"

"그럼. 당연하지."

"그 이유가 단지 제가 아주머니 대신 화살을 맞아서인가요?"

"절대 그렇지 않다. 그런 일로 부자의 인연을 맺을 사람이 아
니야. 그것뿐이라면 다른 방법으로 은혜를 갚았을 거야. 아저
씨는… 아주 특별하고 특이한 사람이란다. 그런데 그런 사람이
너에게서 어릴 때의 자신을 본 모양이야. 그건 처음부터 아저
씨가 널 눈여겨보고 있었단 뜻이다. 그러다 인연이 되려니 이
런 일이 생긴 거지."

"그래요? 그럼 다행이에요."

적사몽의 얼굴에 미소가 지어졌다.

"나에게도 참 다행이구나. 네가 활을 맞은 것은 불행한 일이지만 그 일로 너와 내가 모자의 인연을 맺게 되었으니."

"그런데 정말 아저씨 아버지가 누구예요?"

적사몽이 다시 물었다. 그러자 설루가 잠시 망설이다가 나직하게 대답했다.

"이곳에선 그분을 무황이라 부르더구나."

적풍은 호위무사처럼 선실 밖에서 문을 지키고 서 있었다. 안에서 들려오는 설루와 적사몽의 대화가 정겹게 느껴졌다. 적풍의 입가에 언제부턴지 자신도 모르게 미소가 지어졌다.

적사몽은 처음 설루의 입에서 무황 적황의 이름이 나왔을 때 불에 덴 것처럼 놀랐지만 금세 적풍과 설루의 상황을 이해했다.

그리고 이내 두려움이 사라지고 자신에게 닥쳐올 거대한 운명의 소용돌이에 오히려 흥분한 것처럼 보였다.

'녀석, 대범하다고 생각했지만 배포가 커!'

적풍이 다시 빙그레 미소를 지었다.

물론 아직 밀교의 문, 혹은 교벽으로 이어진 명계와 현계에 대해선 정확하게 말하지 않았다.

설루도 오늘 깨어난 적사몽에게 당장 이 신비하면서도 두려운 문으로 연결된 두 세상에 대한 이야기를 받아들이기에는 무리라고 생각한 모양이다.

결국 그 이야기는 적사몽이 몸을 온전히 회복한 이후, 그리고 적사몽이 적풍의 아들로서 무엇인가를 배우기 시작할 때 알려줘야 할 이야기였다. 아마도 그건 이번 여행 중에 적풍과 설루가 적사몽에게 가르쳐 주어야 할 가장 중요한 비밀일 터였다.

"무엇이 그리 즐겁습니까?"

설루와 적사몽의 대화를 듣는 즐거움이 한순간 깨졌다. 적풍의 얼굴에서 웃음이 사라졌다.

목소리의 주인공은 단우하였다.

단우하는 언제부턴가 조금 떨어진 곳에서 적풍을 지켜보고 있었던 것이다. 아마 그는 선실 안에서 이어지고 있는 설루와 적사몽의 대화는 듣지 못했을 것이다. 그러니 적풍이 홀로 미소 짓고 있는 이유도 알 리 없었다.

적풍과 눈이 마주친 단우하가 선실 쪽으로 다가오려는데 적풍이 손을 들어 그를 제지했다.

그러자 단우하의 얼굴에 당혹스러움과 함께 의문이 동시에 떠올랐다. 요즘 들어 이 특이한 성격의 소공자는 자신을 너무 박정하게 대하고 있다는 생각에 서운한 생각도 들었다.

그러나 적풍은 단우하의 기분 따위는 신경 쓰지 않았다.

애초에 단우하가 교벽을 넘어 자신을 찾아왔을 때조차도 그는 그의 사람이 아니라 아버지 적황의 사람이었다. 그런 그에게 다른 십자성의 고수들과 같은 친밀감을 느끼는 것은 애초에 불가능한 일이었다.

더군다나 단우하는 몇 차례 적풍을 속인 일도 있었다. 악의는 아니더라도 한두 번 거짓을 말한 사람을 한식구로서 진심으로 받아들일 수는 없는 일이었다.

적풍이 단우하의 접근을 막는 대신 그 자신이 단우하가 있는 곳으로 이동했다.

"무슨 일이 있으십니까?"

단우하가 서운한 기색을 감추지 않고 다시 물었다.

"나쁘지 않을 일이오."

"혹 아이가 깨어났습니까?"

역시 단우하는 영활한 사람이다.

"그렇소."

적풍이 고개를 끄떡였다.

"다행이군요. 그런데 왜 선실을 지키고 계셨던 겁니까?"

"두 사람의 즐거운 시간이 다른 사람들에게 방해받는 것이 싫었소."

"즐거운 시간이요?"

단우하가 슬쩍 적풍의 안색을 살피며 물었다.

"그렇소. 두 사람은 지금 아주 즐거운 시간을 보내고 있소."

"사몽이 깨어난 것은 기쁜 일이지요. 하지만 그렇다고 다른 사람의 접근을 막는다는 것은……."

"두 사람이 긴히 할 이야기가 있기 때문이오."

적풍이 무심하게 말했다.

"대체 무슨 이야기를 하기에……?"

적풍은 단우하의 장점이자 단점인 이 집요함이 처음부터 싫었다.

이런 사람은 절대 그냥이라거나 혹은 대충이라는 단어가 용납되지 않았다. 끊임없이 질문하고 의심하고, 자신이 알고자 하는 것은 반드시 알아내야 직성이 풀리는 종류의 사람이다.

　　하지만 그의 성정이 못마땅하다고 해서 적사몽을 자신과 설루의 아이로 삼기로 했다는 것을 숨길 이유는 없었다.

　　"나와 설루, 그리고 그 아이는 오늘부터 한 가족으로서 인연을 맺기로 했소."

　　"그게 무슨……?"

　　"하늘이 지금까지 우리에게 아이를 주지 않은 이유는 아마도 사몽을 만나게 하기 위함이었던 것 같다는 말이오."

　　"소공자!"

　　단우하가 놀란 얼굴로 적풍을 불렀다.

　　"왜 그렇게 놀라시오? 무슨 문제라도 있소?"

　　"이는 아바르의 미래와도 연관된 일입니다. 아바르는 주군의 혈통으로서 이어져야……."

　　"그만! 이 문제에 대해 다시는 왈가불가하지 마시오. 혈통이니 뭐니 하는 말로 우리 세 가족을, 특히 사몽을 불편하게 한다면 당신은 영원히 나와 가까워질 수 없을 것이오."

　　"소공자!"

　　"사몽 역시 신혈의 피를 이은 아이! 신혈의 피를 가진 아이라면 그 피가 무황의 피든 산골 촌부의 피든 무슨 상관이오."

　　적풍이 차갑게 대꾸했다.

　　그러자 단우하가 고개를 저으며 말했다.

"신혈의 아바르는 무황 그분에 의해 세워진 왕국입니다. 그분의 혈육이 존재하는 한 타인의 피를 가진 사람이 후계자가 되는 일은 쉽게 받아들여질 수 없을 겁니다."

단우하가 간절한 표정으로 말했다.

"난 사몽에게 아바르의 권력 다툼에 관여하는 무거운 짐을 지울 생각이 없소. 그러니 혈통 논란은 아무 의미 없는 일이오. 내가 그 양반을 찾아가는 이유가 아바르의 운명이나 후계자 따위의 욕심 때문이 아님을 잘 알고 있을 거요. 그러니 사몽의 존재로 인해 내가 아바르의 일에 관여치 않기를 원한다면 당신의 기준에 맞는 그 양반의 핏줄 중에서 한 명을 찾아 아바르의 운명을 맡기시구려. 나야 전왕의 검이나 주고 돌아가면 그뿐이니까."

적풍이 단호하게 말하고는 십자성의 고수들이 모여 있는 갑판으로 걸어갔다.

단우하는 한참 동안 당황한 표정으로 그 자리에서 움직이지 않았다. 그러다가 무심코 중얼거렸다.

"대체 난 누굴 데려온 건가?"

제4장
소문은 바람을 타고 흐른다

하늘에 닿을 듯 높이 솟은 바위 봉우리들, 그 봉우리들을 떠받치고 있는 단단한 석산에는 오랜 세월 힘겹게 자라난 나무들이 산의 본신을 감추고 있다.

숲 사이로 수를 셀 수 없는 폭포들이 우레 같은 소리를 내며 쏟아졌다. 신비의 땅, 칠왕의 땅에서도 흔히 볼 수 없는 풍경이다.

그러나 여행객들의 시선을 사로잡는 것은 웅장하면서도 신비로운 풍경이 아니었다. 처음에는 웅장한 산의 모습에 압도되었던 여행객들은 금세 그 산 위, 위태로운 바위 봉우리들 사이에 가득 들어선 위태로운 성의 건물들을 발견하게 된다.

그리고 일단 그 건물들을 보게 되면 신비롭고 위압적인 산세는 더 이상 사람들이 관심을 끌지 못한다.

이유는 간단했다. 사람이 지은 그 건물들이 자연이 만든 산과 폭포보다도 더 신비롭고 위대하게 느껴지기 때문이다.

그렇게 한참 동안 넋을 잃고 신비로운 성채를 바라보던 여행객들은 뒷목이 뻐근해 질 때쯤이 되어서야 산에서 흘러내린 폭포가 모여 형성된 산 주변의 크고 작은 호수와 그 호수 건너편에 형성된 수많은 마을로 시선이 옮겨가게 된다.

이 신비로운 땅과 성, 그리고 마을. 이곳이 바로 이 땅의 절대왕국 중 한곳인 오손의 성이다.

"과연 칠왕의 성이군요."

말을 탄 채 봉우리 사이에 세워진 거대하고 신비로운 성채들을 바라보며 젊은 여행객이 중얼거렸다. 그러자 그의 옆에 있던 검은 옷차림의 노인이 젊은이에게 물었다.

"이곳은 처음이지?"

"예, 대법사님은 와보셨나요?"

"음, 몇 번 와본 적이 있지."

노인이 고개를 끄떡였다.

"사람이 세운 것이 맞나 싶네요."

젊은이가 고개를 저으며 말했다.

"하루아침에 만들어진 성이 아니다. 수백 년 동안 쌓아온 성이지. 오손이 도람석을 중시하는 이유는 바로 저 성채 때문이다. 도람석은 채굴했을 때는 물러도 세월이 지나면 쇠처럼 단단해지는 성질을 가졌으니까. 아름답기도 하지만."

노인의 말에 청년이 얼른 대답했다.

"그래서 진귀한 돌이지요. 이 땅의 다른 왕이나 성주들은 겨우 내부를 치장하는 데 그치잖아요. 그런 도람석으로 쌓은 성이니 얼마나 대단해요."

"후후, 재물로 보자면 아마 이 칠왕의 땅에서 오손의 왕이 가장 부자일 거다."

"하긴 도람석을 독점하고 있으니까요."

청년이 다시 고개를 끄떡였다.

"자, 가자꾸나."

"성으로 들어갈 수 있나요?"

"성에 갈 일은 없다."

"예?"

청년이 실망한 표정으로 되물었다. 그러자 노인이 신중한 표정으로 말했다.

"굳이 들어가려면 못 들어갈 것도 없지만 그래도 지금은 위험한 시기이니 굳이 들어갈 이유가 있느냐? 소식이라면 성 밖에서도 충분히 들을 수가 있는데."

"하지만……."

"호기심은 잠시 접어두거라. 오손의 성을 구경하는 일은 세월이 평화로워지면 그때 해도 늦지 않다."

"알겠습니다, 대법사님."

"마을에 들어가서는 날 대법사라 부르지 말거라."

"그야 당연하지요."

청년이 걱정 말라는 듯 웃으며 대답했다.

그러자 노인이 앞서서 오손의 거대한 성을 바라보며 형성된 여러 마을 중 한 곳으로 말을 몰기 시작했다.

노인과 청년이 호수 하나를 사이에 두고 오손의 성을 바라보고 있는 작은 마을에 들어섰을 때는 날이 어둑해지는 저녁 무렵이었다. 노인은 마을에 살던 사람처럼 능숙하게 길을 찾아가고 있었다.

화려하고 신비로운 성채와 달리 성채 주변 마을들은 투박한 통나무집과 토굴 같은 흙집이 대부분이었고, 몇 군데 여행객들을 위해 술과 음식을 팔거나 혹은 잠자리를 제공하는 주점이나 여곽들만 그런대로 볼 만한 외양을 갖추고 있었다.

하지만 빈한한 마을 모습과 달리 길에는 모두 잘 다듬어진 돌이 깔려 있었다. 아마도 산 위에서 흘러내리는 폭포와 성 주변을 에워싼 호수로 인해 평소 습기가 많은 땅이기에 길만큼은 석재를 깐 듯싶었다.

위급한 때가 되면 이 길로 오손의 전사들이 이동해야 하니 길만큼은 오손 성에서 신경을 쓰지 않을 수 없었을 것이다.

노인은 묵묵히 말을 몰았고, 청년은 노인을 놓치지 않으려 하면서도 수시로 주변을 살폈다. 처음 온 자의 호기심이 청년의 눈을 그냥두지 않은 것이다.

그런데 그렇게 마을 구경에 여념이 없던 청년의 눈이 한순간 반짝였다.

"오손의 전사들이에요."

갑작스러운 청년의 말에 골똘히 뭔가를 생각하며 길을 가던 노인이 급히 고개를 들었다.

"어디냐?"

노인이 물었다.

그러자 청년이 손을 들어 산 위에서 떨어지는 거대한 폭포 두 개 사이로 난 계단을 가리켰다.

노인이 눈을 가늘게 뜨며 계단을 살피자 과연 어둑해지는 저녁 빛 속에서 빠르게 내려오고 있는 수십 명의 오손 전사들이 보였다.

무슨 급한 일이 있는지 그들은 절벽처럼 위태로운 계단을 나는 듯이 뛰어내려 오더니 호수를 가로지른 석교를 무서운 속도로 달려 건넜다.

그들은 석교를 건너자마자 호수 건너편 마을 북쪽으로 이동했다. 그곳에는 산비탈로 이어진 커다란 목장이 있었는데, 어느새 수십 필의 말이 오손의 전사들을 기다리고 있었다.

오손의 전사들은 미리 준비된 말에 지체 없이 올라 목장 남쪽으로 이어진 산길을 따라 폭풍처럼 사라져 갔다.

그렇게 한바탕의 소란이 정신없이 지나가자 이상하게도 마을이 깊은 침묵에 휩싸였다.

물론 그 침묵은 저녁이 깊어졌기 때문은 아니었다. 흥청망청은 아니더라도 평소 저녁 무렵 마을은 제법 소란스러웠다.

멀리서 오손의 성으로 장사를 하기 위해 온 상인들이나 혹은 이 땅의 절대지 중 하나를 구경하기 위해 온 여행자들이 마을의 주점이나 여곽에서 늦은 저녁을 즐기며 오손 성의 신비로운 경치를 즐기기 때문이었다.

그런데 일단 오손의 전사 수십 명이 성을 나와 남쪽으로 사라지자 마을의 소란은 씻은 듯이 사라졌다.

일반인들이 기거하는 집은 일찍 문을 닫았고, 주점들도 하나둘 창을 내려 안에서 나오는 불빛을 가렸다.

"무슨 일일까요?"

청년이 노인에게 물었다.

"글쎄다. 보통 일은 아닌 것 같구나. 복장을 보면 성에서 나온 오손의 전사들이 정예인 것 같은데……."

"혹 아바르와의 전쟁이 시작된 걸까요?"

"그럴 리는 없다."

"하지만 아바르가 신혈제일성에 전력을 집결시킨 것이 이미 한 달이 넘었습니다."

"그렇긴 하지만 모든 전력이 모인 것은 아니지. 그리고 아바르의 무황이 칠왕의 땅에 대한 정벌을 시작한다면 그 시작은 오손이 아니라 석림이 될 것이다."

"어째서 말입니까?"

"가장 깨기 힘든 곳이니까. 칠왕의 땅에서 석림의 성이 가장 견고하지 않더냐."

"그런 곳이면 가장 나중에 공격해야 하는 것 아닌가요?"

청년이 의아한 표정으로 물었다.

"보통의 사람이라면 그렇겠지. 하지만 무황은 그렇지 않다. 그는 언제나 가장 강한 적을 먼저 쳤다. 강한 적을 제압하면 그보다 약한 적들이 제풀에 무너지니까. 위험한 방법이긴 하지만 손실을 최소화하는 아주 효율적인 전략이지. 정예 전사로 보면 다른 칠왕의 세력에 비해 그 숫자가 검은 사자들 정도로 적던 무황이 아바르를 장악한 이유기도 하다. 물론 지금에 와선 아바르의 힘이 다른 칠왕을 훨씬 능가하지만."

"그렇게 보시는군요."

청년이 고개를 끄떡였다.

"나만 그리 생각하는 건 아니다. 문주께서도 그리 판단하고 계시다."

"알겠습니다. 그런데 그럼 오손의 전사들이 왜 저렇게 급히 달려 나갔을까요?"

청년이 고개를 갸웃했다.

"누군가 자신들의 영역을 침범했단 뜻이지."

"누가 감히……."

"아산을 만나보면 알겠지. 서두르자."

노인이 길을 재촉했다. 그러자 청년이 성을 구경하던 시선을 거두고 서둘러 노인을 따르기 시작했다.

노인과 청년은 한참 동안 돌길을 걸어 마을 북동쪽, 호수와 인접한 곳에 위치한 작은 여곽을 찾아들었다.

오손 전사들의 시끄러운 출행으로 그들이 찾은 작은 여곽 역시 굳게 문을 닫고 있었다.

톡톡톡!

노인이 여곽의 문에 달린 쇠고리를 잡고 세 차례 문을 두드렸다. 그러자 여곽의 문에 난 작은 구멍이 열리면서 열린 공간으로 사람의 눈동자가 보였다.

"뉘시오?"

구멍을 통해 눈의 주인이 물었다.

"쉬어갈 방이 있소?"

"여행객이오, 아니면 성에 들어가 장사할 사람이오?"

"손님을 구분해서 받소?"

"여행객이라면 선금을 받고 상인이면 물건을 맡아두오만."

"그렇구려. 음, 이건 어떻소. 이곳의 주인인 하산에게 오랜 친구가 찾아왔다고 전해주시오."

"아! 주인님의 친구셨습니까?"

문 안쪽 눈동자의 주인이 놀란 표정으로 물었다.

"그렇소. 하산을 불러주시오."

"잠시 기다리십시오."

탁!

사내가 열었던 작은 구멍을 닫고는 황급히 사라졌다.

"누가 보면 정말 전쟁이라도 난 줄 알겠어요. 이건… 오손 전사들의 출행 때문이라고 보기에는 지나친데요?"

"그러게. 조금 지나친 면이 있군. 다른 때와 달라."

노인도 살짝 눈살을 찌푸리는데 덜컹거리며 문이 열렸다. 그리고 그 안에서 누가 봐도 여곽의 주인으로 딱 어울리는 얼굴이 모습을 드러냈다.

머리가 희끗한 것이 그를 찾아온 노인보다는 젊어 보이지만, 그렇다고 중년이라고 말하기는 어려운 나이로 보였다.

턱에 난 수염 중에도 흰 가닥이 여럿 있고, 머리를 질끈 동여맨 머리끈은 비록 여곽의 주인이라도 스스로 몸을 움직여야 여곽이 제대로 돌아갈 만큼 사정이 풍족하지 않다는 것을 뜻했다.

"어르신!"

여곽의 주인이 노인을 보며 꾸벅 고개를 숙여 보였다. 친구라고 했지만 친구보다는 상전을 대하는 듯한 모습이다.

"잘 지냈는가?"

"저야 풍경 좋은 곳에서 편히 지내고 있지요. 먼 길 수고하셨습니다. 안으로 드시지요."

여곽 주인의 말에 노인이 가볍게 웃어 보이며 여곽 안으로 들어갔다.

여곽 주인은 노인과 청년을 여곽에서 가장 북쪽, 호수와는 가장 가까운 방으로 데려갔다.

그러고는 여곽 일은 일하는 사람에게 맡긴 후 노인과 청년이 들어간 방으로 들어가 잠시 밖을 살핀 후 문을 걸어 닫았다.

"무슨 일이 있는가?"

노인은 여곽 주인의 행동 하나하나를 눈여겨보다가 그가 자신 앞에 와서 앉자 심각한 표정으로 물었다.

"최근 십여 일간 외지인에 대한 감시가 무척 삼엄합니다."

"이유는 알아봤는가?"

"그것이 참… 믿기 힘든 이야기라 사실인지 확인을 하지 못했습니다. 해서 아직 문주께 연락을 드리지 못했습니다 만……."

사내가 말을 꺼내기를 주저했다.

"말해보게."

노인이 여곽 주인을 재촉했다. 그러자 여곽 주인이 조심스레 입을 열었다.

"흘러나온 말로는 신화지왕의 검을 지닌 자가 나타나 오손의 대선장 해걸루를 죽이고 도주했다고 합니다만… 더 믿을 수 없는 것은 그자가 겨우 도람석 도둑질을 하고 있었다는 것입니다."

순간 노인이 얼굴이 얼음장처럼 얼어붙었다. 그는 아무 말도 하지 않고 지그시 눈을 감았다.

"그게 말이 되나요? 불의 검의 주인이 도람석 밀매나 하고 있다니."

노인 대신 함께 온 젊은이가 되물었다.

"처음엔 나도 그리 생각했네. 하지만 다시 생각하면 이해되지 않는 것도 아니네."

"그게 어떻게 이해가 됩니까? 불의 검 주인이라면 칠왕의 후예인데……."

"하지만 아바르의 무황에 의해 신화지왕 일족은 멸망했네. 그런데 만약 그 후예가 살아 있다면 무슨 일을 해서라든 재기를 노릴 걸세. 그런 면에서 보자면 도람석 밀매는 이득이 많이 남는 일이지. 아니면 그들 자신이 도람석을 필요로 하는지도 모르고."

"어디에 성을 쌓는다는 건가요?"

"그럴 수도 있지 않겠나?"

여곽 주인이 되물었다.

"법사님 말씀을 들으니 그럴지도 모르겠군요."

젊은이가 고개를 끄떡였다.

그때 눈을 감고 있던 노인이 입을 열었다.

"그들의 행방은 알고 있다던가?"

"오손에서도 행방을 모르는 듯합니다. 그런데 또 하나의 소식에 의하면 이 일에 타림의 상인들이 개입한 것 같습니다만……."

"타림의 상인?"

"그렇습니다. 그들이 그 장소에 있었다는 건 확실합니다."

"기이한 인연이군."

"예?"

여곽 주인이 되물었다.

"아닐세. 아무튼 문주께 전해야겠군."

"하루 정도 기다리시지요."

여곽의 주인이 말했다.

"다른 사정이 있는가?"

"내일 성에 들어갈 일이 있습니다만……."

"됐네. 위험을 감수할 필요는 없네. 그리고… 굳이 더 알아보지 않아도 될 듯싶고."

노인이 말했다.

"뭔가 짐작이 가십니까?"

"음, 확실치는 않지만. 하지만 이 일은 문주의 허락이 있어야 말해줄 수 있으니 이해하게."

"알겠습니다."

여곽 주인은 고집을 부리지 않았다.

"전서구를 준비해 주시게."

"예, 대법사!"

여곽 주인이 대답을 하고 자리에서 일어나는데 갑자기 문 쪽에서 사람의 인기척이 들렸다.

"누군가?"

여곽의 주인이 민감하게 반응했다.

"주인님, 아무래도 나와 보셔야 될 것 같습니다."

"무슨 일인가?"

"좀… 이상한 손님들이 와서."

"이상한 손님? 다른 여곽으로 보내면 될 것 아닌가?"

"그게… 막무가내로 들어왔습니다."

순간 여곽 주인의 눈빛이 변했다.

오손의 땅에서 행패를 부릴 수 있는 자는 드물다. 그것도 이곳은 오손의 성 바로 앞이 아닌가.

"오손 사람인가?"

"그렇지는 않은 것 같습니다."

문밖에서 사내가 대답했다. 그러자 여곽 주인이 불편한 표정을 지으며 노인에게 말했다.

"잠시 나가봐야 할 것 같습니다."

"그러시게."

노인이 고개를 끄떡였다. 그러자 여곽 주인이 자리에서 일어나 문을 열고 밖으로 나갔다.

여곽 주인이 돌아온 것은 얼마 되지 않아서였다. 그런데 돌아온 여곽 주인의 표정이 심상치 않았다.

"무슨 일이 있는가?"

돌아온 여곽 주인을 보며 노인이 물었다.

"아무래도 대법사께서 보셔야 할 자들인 것 같습니다."

"응?"

"제가 함부로 판단할 수 없어서……."

"무슨 소린가?"

"상인 무리 같기는 한데 그중에 특별한 자가 있습니다."

그러자 대법사라 불린 노인이 뜸들이지 않고 자리에서 일어났다. 그러고는 여곽 주인의 안내를 받으며 방을 벗어났다.

여곽 주인과 함께 방에서 나온 노인은 요기를 하려는 사람처럼 여행객들에게 간단한 음식과 술을 파는 장소로 이동해 얼굴이 드러나지 않는 어두운 창가에 자리를 잡고 앉았다.

여곽 주인은 능숙하게 노인에게 음식을 내놓았고, 노인 맞은편에 앉은 젊은 청년이 상 위에 놓인 음식들을 노인이 먹기 쉽도록 시중을 들었다.

누가 봐도 오손 성을 구경하러 온 여행객의 모습이다.

그러나 노인의 눈은 여행객답지 않게 날카롭게 빛났다. 노인은 흐릿한 어둠 속에서 날카로운 눈으로 다섯 명의 상인을 살피고 있었다.

노인의 시선이 닿은 곳에 있는 다섯 상인은 두 명의 노인과 세 명의 중년 사내로 이뤄져 있었는데, 보통의 상인들과 달리 대화가 무척 적었다. 대신 그들을 오래 굶은 사람들처럼 묵묵히 음식을 입에 넣고 있었다.

노인은 그 다섯 상인을 하나하나 눈여겨보면서도 자신 역시 누구도 의심치 않게 능숙하게 음식을 입에 넣었다. 무척 여유 있고 느린 식사여서 누구도 노인이 상인들을 살피러 나온 사람이라고는 생각할 수 없었다.

식사가 먼저 끝난 쪽은 먼저 식사를 시작한 다섯 상인이었다. 그들은 식사를 마친 후 따로 여곽 주인을 부르지 않고 탁자 위에 은화 두 개를 놓아둔 후 미리 정해둔 자신들의 방으로 들어가 버렸다.

"어떻습니까?"

다섯 상인이 사라지자 한 번도 고개를 돌려 그들을 바라보지 않던 청년이 노인에게 물었다.

"확실히 특별하구나."

"어떤 자들인지요?"

"글쎄, 특정하기가 어렵구나. 하지만 두어 명은 어느 종족 출신인지 알겠다. 그중 나이 많아 보이는 자는 분명 구트족이다."

"야수족이란 말입니까?"

청년이 화들짝 놀라며 되물었다.

"음……."

"야수족이 어떻게 여길… 들키는 순간 잡혀갈 텐데요."

"잡히지 않을 자신이 있다는 거겠지. 그리고 그럴 능력도 있어 보이는구나."

"하지만 여긴 오손의 본거지가 아닙니까?"

"무공을 수련한 자 같았다."

순간 청년의 눈이 더할 수 없을 만큼 크게 떠졌다.

"무공이요?"

너무 놀라 높아진 목소리에 청년 스스로 입을 막고 주변을 살폈다. 다행인 것은 그들 말고는 장내에 식사를 하는 여행객이 없다는 것이다.

하지만 청년의 반응은 여곽 주인을 놀라게 해 그가 급히 두 사람이 있는 곳으로 다가왔다.

"무슨 일입니까?"

"죄송합니다. 제가 놀라서 그만 실수를……."

젊은 청년이 낮게 말했다.

"정신을 어디에 두고 사는 거야? 법사의 언행은 어느 때나 침착해야 하는 법이거늘."

여곽 주인이 청년을 나무랐다. 그러자 노인이 말했다.

"괜찮네. 보는 사람도 없었으니. 일단 안으로 들어가세."

"요기는 다하셨습니까?"

여곽 주인이 물었다.

"잘 먹었네."

노인이 고개를 끄떡이고는 자리에서 일어나 본래 그들이 머물던 방으로 향했다.

"무공을 수련한 구트족이요?"

여곽 주인이 심각한 표정으로 되물었다.

그렇다고 노인의 말을 의심하는 것 같지는 않았다. 그도 그럴 것이, 노인이야말로 이 땅에서 가장 신비로운 세력 중 하나로 알려진, 아니, 이 세계의 지배자라면 누구라도 두려워하는 현월문의 대법사이기 때문이다.

하늘과 땅, 그리고 시공의 비밀을 알고 있다고 알려진 현월문은 칠왕의 땅에선 불가침의 존재였다.

칠왕 중 정령의 왕이라 불리는 신비일족의 제왕이 있기는 하지만 그들조차도 혈월문에 대해서만큼은 그 권위를 인정해 주고 있었다.

현월문 자신들은 부인하지만, 수백 년 전 일곱 개의 신성한 검을 만들고 벽루의 맹약을 통해 이 땅에 칠왕의 땅이란 이름을 선물해 준 신의 사자이자 무색의 마법사라 불리는 차요담이 현월문과 밀접한 관계가 있을 거란 이야기가 믿을 만한 증거들과 함께 전해지고 있었다.

그 소문이 사실이라면 칠왕은 결국 현월문에 의해 탄생한 존재들이기에 그들로서는 현월문을 존중하지 않을 수 없었다.

그 특별한 존재인 현월문에서 문주를 제외하고 법력과 지혜를 최상까지 끌어올린 자들이 바로 육 인의 대법사였다.

노인은 그 대법사 중 한 명인 을보특. 그러니 그의 말을 누구도 의심할 수 없었다.

"그렇다네."

대법사 을보특이 대답했다.

"하지만 야수족이 어떻게 무공을……?"

"잊었는가, 이십팔룡의 분열을?"

"그것은……."

여곽 주인이 무슨 말을 하려다 말고 입을 닫았다. 생각해 보면 불가능한 일도 아니기 때문이다.

"너무 갑자기 많은 일들이 생기는군요."

여곽 주인이 다시 입을 열었다.

"그러게 말이네. 칠왕의 분열은 극한으로 이어져 곧 전쟁이 터질 것 같고, 불의 검을 들었다는 도적이 나타나질 않나, 무공을 수련한 야수족이 감히 오손의 성 앞까지 왔어. 이건 쉽지 않군."

노인이 인상을 찡그렸다.

"어찌해야 할까요?"

청년이 물었다.

"어쩌긴, 문주께 모든 소식을 전하고 우린 그중 한 가지 일에 집중해야지."

노인이 말했다.

"어떤 일이 더 중요하다고 생각하십니까?"

청년이 다시 물었다.

그러자 노인이 망설이지 않고 대답했다.

"당연히 불의 검을 지닌 자를 쫓는 것이다."

"어째서 그렇습니까?"

청년의 질문은 호기심이나 다른 생각이 있어서가 아니었다. 청년은 이런 대화를 통해 현월문의 젊은 법사로서 문파의 대법사에게 가르침을 구하고 있는 것이다.

노인도 그걸 알기에 차분하게 자신의 생각을 말해주었다.

"애초에 우리가 현월문을 나온 이유가 무엇이더냐? 문주께서 쿰 너머에 나타난 이질적인 기운을 조사하라 명하셨기 때문이다. 그 기운의 움직임을 따라 여기까지 온 것이고… 그 기운의 정체가 결국 불의 검으로 밝혀졌으니 우린 그 일에 집중해야 한다. 물론 그 이유 때문이 아니더라도 불의 검이 나타난 이상은 다른 일에 신경 쓸 여력이 없지."

"불의 검이 그렇게… 중요한 겁니까? 신검으로 말하자면 일곱 개 중 하나일 뿐이지 않습니까?"

청년이 의아한 표정으로 물었다. 그러자 대법사라 불린 노인이 잠시 고민을 하는 듯하더니 입을 열었다.

"불의 검 자체도 중요하긴 하다. 그러나 더 중요한 것은 그 검이 본래 있던 장소이다."

"불의 검의 위치를 알고 계셨습니까?"

이번에는 여곽 주인도 놀란 얼굴로 물었다.

"음, 문에서는 불의 검이 명계에 있는 것으로 판단하고 있었네. 신화지왕 일족이 아바르의 무황에 의해 멸망할 때 그 혈육인 우다문이 불의 검을 들고 교벽을 통과했으니까. 그런데 갑자기 이곳에 불의 검이 나타나다니……."

"그럼 우다문이 돌아온 건가요?"

청년이 물었다.

"그는 죽었다."

"예?"

청년과 여곽 주인이 동시에 되물었다.

"명계에서 그는 죽었다."

"그럼……?"

"그래서 중요한 것이다. 우다문을 죽이고 그 검을 차지한 자가 이 땅에 왔다는 의미니까."

노인이 눈을 감으며 중얼거렸다.

*   *   *

노인은 오래되었지만 단단해 보이는 의자에 등을 기대고 앉아 있었다. 눈을 감은 채 조용히 앉아 있는 노인에게선 평화로움이나 안온함보다 칼날 위에 앉은 듯한 날카로운 기운과 당장에라도 살인을 저지를 듯한 살기가 돌고 있었다.

그래서 그의 앞에 서 있는, 역시 검은 옷을 입은 자들은 감히 앉지도 못하고 선 채로 노인의 말을 기다리고 있었다.

"알 수 없구나."

노인이 나직하게 중얼거렸다. 그러자 그 앞에 서 있던 자들 중 한 명이 조용히 물었다.

"나가서 알아보겠습니다."

"아니!"

노인이 손을 들어 입을 연 자를 막았다.

"최대한 조심하겠습니다."

"그래도 안 돼. 보통 인물이 아니야. 그리고 이곳 역시 보통 여곽이 아니다."

"……?"

"주인과 그 노인 모두 기도가 남달랐어. 아마도 칠왕이든 어떤 세력 중 하나가 오손을 살피기 위해 만든 여곽일 거다. 이런 곳은 그저 조용히 지나가는 것이 좋아."

"알겠습니다."

"아무튼 성과가 적지 않구나. 위험을 무릅쓰고 오손 성에 온 보람이 있어."

"그런데 너무 이상하지 않습니까?"

"무엇이 말이냐?"

"그 꼬마 놈을 데려간 자가 불의 검을 쓴다는 것은… 지금까지 추격 중에는 그런 흔적이 없지 않았습니까?"

"후후후, 하사람 정도 상대하는 데 신검을 쓸 이유가 없었다는 뜻이겠지. 칼훈의 수적들 배는 수장되었으니 그 흔적을 볼 수 없고… 아무튼 대단한 자야. 보자, 귀모라."

노인이 말에 태양의 사막 쿰에서 적풍 일행에게 패한 흑상의 무리 중 유일한 생존자인 여흑상 귀모라가 앞으로 나섰다.

"예, 카르!"

"이번에는 정말 수고했어."

"……."

노인의 말에 여인은 묵묵부답 대답이 없다.

"후후, 원해서 한 일은 아니라는 뜻이냐?"

"아닙니다."

여인이 얼른 대답했다.

그녀는 이제 이 노인의 무서움을 누구보다 잘 알고 있었다. 사막에서 구원, 혹은 사로잡혔을 때는 기회가 되면 도주할 생각이었지만 이젠 그런 희망은 접은 지 오래다.

그녀는 이제 노인을 떠나서는 백 일을 버틸 수 없을 거라는 것을 알고 있다.

모독이라 불리는 이 구트족의 카르에게 복종하기로 약속했을 때, 그는 그녀에게 한 가지 독을 먹였다.

당시 모독은 그 독을 슈마라고 불렀는데, 구트족이 사는 척박한 땅 카말 숲 깊은 오지에서 자라는 독초에서 뽑은 독이라고 했다.

슈마는 단번에 사람을 해치는 독은 아니다. 단지 백 일에 한 번 모독이 주는 해독수, 모독의 수하들은 그 해약을 생명수라 불렀는데 그 생명수를 먹어야 독의 기운을 억제하고 다시 백 일을 삶을 이어갈 수 있었다.

흑상 귀모라는 그 독의 위험을 직접 몸으로 체험하기도 했다.

모독은 독한 인물이었다. 모독이 사막에서 독을 쓴 이후 백 일이 지나도 귀모라에게 생명수를 주지 않았던 것이다.

그래서 귀모라는 백 일이 지난 후 시체와 같은 상태로 삼 일을 버텼다. 다행히 고통은 없었다. 그러나 자신의 영혼이 자신의 몸에서 서서히 빠져나가는 것을 봐야 하는 정신적인 고통은 극렬했다.

그 고통을 삼 일간 경험하게 한 후 모독은 그녀에게 생명수를 주었고, 그녀는 해약의 이름처럼 다시 새로운 생명을 얻은 것처럼 살아났다.

그것이 불과 얼마 전의 일이다. 그리고 그 이후에는 더 이상 배신이나 도주 같은 생각은 그녀의 것이 아니었다.

모독은 그런 그녀에게 첫 번째 명을 내렸다. 그건 흑상으로 그녀의 오랜 거래처가 오손 성 주변에 있다는 것을 확인하고 그 거래처들을 통해 자신들이 쫓는 자들과 오손의 전사들에게 일어난 사건을 알아보라는 것이었다.

그리고 흑상 귀모라는 그 일을 충실해 해냈다. 지금 모독은 바로 그 일을 칭찬하고 있는 것이다.

"귀모라."

구트족의 카르 모독이 은근한 어조로 귀모라를 불렀다.

"예, 카르!"

귀모라가 충실히 대답했다.

"네가 어떤 마음으로 나에게 복종했는지는 안다. 그러나 기왕에 날 따르기로 한 이상 새로운 야망을 가져보거라."

"……?"

"난 이 땅의 상권 따위에는 관심이 없어. 내 꿈은 본래 우리의 땅이던 이 칠왕의 땅을 다시 우리 원주족들이 차지하는 것이다. 그렇게 되면 난 이 땅 위에 새로운 왕국을 세울 거야. 칠왕의 피가 한 방울이라도 섞인 놈들을 노예로 부리는 왕국 말이다. 그 왕국의 모든 상권을 네게 줄 수도 있다."

"카르……!"

지금껏 두려움만 주던 모독의 입에서 흘러나왔다고는 믿을 수 없을 만큼 달콤한 유혹이다.

모독이 잔인하고 독한 인물이기는 해도 허언을 남발할 자는 아니다. 적어도 고모라는 그 사실을 알고 있었다.

"흥미가 생기지?"

"당연합니다."

귀모라가 대답했다.

"애초에 그 권리는 하사람에게 있었다. 그러나 너도 알다시

피 하사람은 죽었지. 그가 죽은 이유는 너도 알고 있을 것이다."

"물론입니다."

"그렇다면 그의 자리를 대신하기 위해 네가 해야 할 일도 알 수 있겠지?"

"그 아이를 찾는 것이군요."

"바로 그거야. 그놈이 있어야 아바르 내부에 우리의 세력을 만들 수 있으니까. 십면불 도광이란 자를 끌어들일 수만 있다면 우린 아주 여러 가지 일을 할 수 있다. 나에겐 독이라는 무기가 있으니까."

"맞습니다."

귀모라가 벌써부터 모독의 심복이 된 것처럼 대답했다.

"그래서 그 꼬마 놈을 잡는 것이 중요해. 그런데 갑자기 불의 검이 나타났으니 우리에게도 참 곤란한 일이 된 것이지. 더군다나… 불은 독의 천적이지."

"방법을 찾을 수 있을 겁니다."

이제 귀모라가 더 적극적으로 나섰다.

"하하하, 바로 그 말을 기다렸다. 도람석을 밀매한 자들 중 타림의 상인들이 있다고 했지 않느냐? 너, 타림의 상인들과도 거래가 있지?"

"흑상이라 멸시받기는 했지만, 가끔은 거래를 했습니다."

"후후, 그래, 본래 명계의 피가 섞인 놈들은 그 모양이지. 자신들도 도람석을 밀매하면서 다른 흑상들을 무시하는 행동을 한단 말이야. 하지만 지금은 그놈들과 다시 이야기할 필요가 있어. 무슨 뜻인지 알겠지?"

모독이 고모라에게 말했다.

"알겠습니다. 오손의 영역을 벗어난 이후의 행적은 타림의 상인들로부터 얻어내는 게 가장 정확할 겁니다."

"너만 믿겠다."

모독의 말에 고모라가 고개를 숙여 보이는 것으로 대답을 대신했다.

그러자 모독의 수하이자 여러 종족의 말을 할 줄 알아 칠왕의 땅을 벗어나면 모독을 대신해 일행의 앞머리에 나서는 돌룩이 물었다.

"그럼 이 여곽에 머물고 있는 그 노인과 젊은 놈은……?"

"지금으로선 그냥 스쳐 지나갈 수밖에."

"알겠습니다."

돌룩이 찜찜한 표정으로 대답했다. 하지만 그렇다고 모독에게 그 문제에 대해 더 이상 거론하지는 않았다.

"내일 일찍 떠날 테니 모두 쉬도록 하라."

모독의 말에 수하들이 모독 앞에서 물러났다. 그러자 모독이 손으로 턱을 쓸며 중얼거렸다,

"불의 검이라… 그걸 손에 넣을 수만 있다면 다음 회합에서 원주족들의 수장이 될 수도 있을 텐데. 모르겠군. 기회인지 위기인지."

＊　　　　＊　　　　＊

소문은 바람을 타고 흐른다.

오손은 불의 검에 대한 소문을 성 밖으로 흘러나가지 않게 하려고 철저하게 사람들의 입을 막았지만, 소문은 이미 칠왕의 땅 곳곳으로 퍼져 나가고 있었다.

그래서 당연히 불의 검에 대한 소문은 아바르의 전사들이 집결하고 있는 아바르 서쪽을 흐르는 아바르 강에까지 이르렀다.

강은 본래 축복의 강이란 특별한 이름을 가지고 있었다. 그 이름을 갖게 된 이유는 분명했다. 아바르의 비옥한 땅은 바로 그 강의 활동에 의해 형성된 것이기 때문이다. 비옥한 아바르를 만들어준 강이니 축복으로 불려도 하나 지나칠 것이 없었다.

그러나 강은 무황 적황이 아바르를 차지한 이후부터 다른 이름을 하나 더 얻었다.

무황 적황과 함께 신혈족의 전설을 만들어낸 전사들, 신혈족들의 우상과도 같은 검은 사자들의 이름이 그 강에 붙었다. 그래서 지금은 이 강을 사자의 강이라고 부르는 자들도 많았다.

하지만 대부분의 사람들에겐 그저 아바르의 강이라고 부르는 것이 익숙했다.

아바르의 땅을 지키듯 도도히 흐르는 강을 따라가다 보면 갑자기 강 한가운데를 뚫고 솟구쳐 오른 산을 만난다.

그 산으로 인해 강이 잠시 두 갈래로 갈라졌다가 멀리서 다시 합쳐지는데, 그 산 위에 어떤 공격에도 무너지지 않을 것처럼 보이는 거대한 성(城)이 우뚝 서 있다.

이 성이야말로 아바르의 제일성, 신혈제일성이라 불리는 곳이다.

비록 아바르의 제왕 무황 적황이 평소에 머무는 성은 아니지만, 성은 신혈의 아바르에게 너무나도 중요한 의미를 지니고 있어서 사람들은 이 성을 신혈제일성이라고 불렀다.

혹은 신혈족 내부에선 이 성의 축조와 점령에 수많은 신혈족의 희생이 뒤따랐으므로 고난의 성이라고도 불렀다. 그래서 무황 적황은 칠왕의 땅에 대한 새로운 정복전을 시작할 곳으로 당연하게 이 성을 선택했다.

무황 적황은 정복전을 시작하기 위해 신혈제일성에 도착했을 즈음 불의 검에 대한 소식을 들었다.

그리고 그 소식으로 인해 무황 적황과 그의 세 혈육, 그리고 삼후를 비록한 아바르의 각 성주들은 각자 자신들의 계획을 변경할 수밖에 없는 상황에 처하게 되었다.

제5장
이런 가족

고오오!

거대한 폭포가 성 옆으로 떨어져 내려 유유히 흐르는 강으로 흘러들어 갔다.

세상에서 유일한 존재처럼 우뚝 서 있는 산성은 하룻길 거리에서도 그 모습이 보일 정도로 도도했다.

전마 적황은 산성의 중앙에 서 있는 거대한 망루 위에 있었다. 그의 주위에는 검은 전갑을 걸친 호위 전사 십여 명이 삼엄한 기세로 주위를 살피고 있었다.

적황은 강 너머 평원을 지나 아스라이 보이는 거대한 산맥을 바라보고 있었다.

산맥은 북에서 남으로 끊임없이 이어져 있었는데, 그 산맥을

의지해 칠왕의 성 중 네 곳이 남북으로 자리 잡고 있다.

그 산맥 속으로 아바르의 전사들을 이끌고 들어갈 생각인 전마 적황의 표정은 결코 밝지 못했다.

아바르와 같은 평지에서의 싸움이라면 지금보다는 승산이 훨씬 많을 것이다. 그러나 깊은 산속, 위태롭게 지어진 칠왕 성을 상대하는 일은 결코 간단한 문제가 아니었다.

그러나 문제는 지금으로썬 그것밖에 신혈의 아바르를 지킬 방법이 없다는 것이다. 그가 이 대원정을 해내지 않는다면 신혈족의 아바르는 그의 사후 십 년을 버티지 못하고 칠왕의 공격에 무너질 것이다.

"전왕의 검을 두고 오는 것이 아니었어."

적황의 입에서 후회의 목소리가 흘러나왔다. 명계에 두고 온 전왕의 검이 이토록 절실하게 필요하게 될 것이라고는 생각지 못했다.

그가 이 땅의 동족을 위해 무림에 남겨두고 온 여인과 아이를 위해 우서한에게 맡겨둔 전왕의 검이 지금 다시 그가 지키려 한 동족의 미래를 위해 반드시 필요하게 된 것이다.

"꿍!"

적황의 입에서 나직한 침음이 흘러나왔다. 그러자 호위 전사 중 한 명이 재빨리 앞으로 나서며 입을 열었다.

"곧 해가 집니다. 들어가시지요. 날이 찹니다."

"아닐세. 찬바람이라도 쐬어야지."

"주군, 몸을 돌보셔야 합니다."

"백융, 내가 몸을 돌볼 나이는 지나지 않았나?"

"무슨 말씀이십니까? 주군께서 건재하셔야 아바르가 흔들리지 않습니다."

"후후후, 애석한 일이지."

적황이 씁쓸한 미소를 지었다. 아직도 자신의 이름에 기대어 존재하는 아바르의 현실이 그를 슬프게 만들었다.

그런데 그때 망루로 이어진 돌계단을 따라 한 명의 노인이 바람처럼 올라왔다.

바람처럼 올라온다는 말 그대로 그의 발은 마치 계단을 밟지 않는 것 같았다.

노인이 나타나자 적황을 호위하던 열 명의 전사들이 노인을 위해 재빨리 길을 열어주었다.

"무슨 일인가? 도우 자네답지 않군. 그러다 넘어지겠어."

무황 적황이 우울한 기분을 반전시키려는 듯 농담을 했다.

그러자 무황 적황의 오랜 심복이며 충실한 동료인 설도우가 상기된 표정으로 입을 열었다.

"주군, 기이한 일이 일어났습니다."

"기이한 일? 자넬 당황시킬 정도로?"

"그렇습니다."

"무슨 일인가?"

"불의 검이 나타났답니다."

"……?"

설도우의 말에 적황이 이해하기 힘들다는 표정으로 말없이 설도우를 바라봤다.

그러자 설도우가 빠르게 말을 이었다.

"오손의 호수, 정확히는 그들의 안방인 제왕의 호수에서 도람석 밀매업자와 오손의 전사들 사이에 싸움이 벌어졌답니다. 그런데 놀랍게도 그 싸움에 불의 검이 등장했다고 합니다."

"밀매업자와의 싸움에 불의 검이?"

"그렇습니다."

"이해할 수 없군. 어떻게 오손에서 불의 검을 가지고 있을 수 있지? 도우 자네도 알다시피 그건 불가능한 일 아닌가?"

적황이 고개를 저으며 물었다. 그러자 설도우가 적황보다 더 강하게 고개를 저었다.

"잘못 생각하신 겁니다. 불의 검은 오손의 전사들이 아니라 밀매업자 중 하나가 가지고 있었답니다."

"음!"

쿵!

설도우의 말에 적황이 그의 노구에 비하면 지나치게 크게 느껴지는 검으로 망루의 청석 바닥을 찍으며 신음을 냈다.

"아무래도 사람을 보내야 할 것 같습니다."

설도우가 다시 말했다.

"자네 역시 그 아이라고 생각하는가?"

"아니라면 불의 검을 가지고 있을 수 없지 않습니까? 모악이 실토한 것이 사실이라면 불의 검은 그분의 손에 있을 확률이 큽니다."

"단 노제가 그 아이와 함께 돌아온 것일까?"

"뢰산 신전이 파괴되었다고 해서 교벽이 열리지 않는 것은 아니지요. 단지 출구가 모호할 뿐입니다. 하지만 이 땅 어느 곳이든 도착했다면 단 노사님의 능력으로 충분히 소공자님을 아바르로 데려오실 수 있을 겁니다."

"그래서 오손의 땅이란 말이군."

"그럴 가능성이 큽니다."

"그런데 이해할 수 없는 일이군."

적황이 풀리지 않은 의문이 있다는 듯 중얼거렸다.

"무엇이……?"

"단 노제가 함께 있다면 어째서 불의 검을 쓰는 실수를 했을까? 불의 검이 등장하면 세상의 이목이 자신들에게 쏠릴 것임을 모르지 않았을 것 아닌가?"

"그렇기는 합니다만……."

"이유가 있을 텐데 그 이유를 모르겠어. 위험을 감수해야 하는 상황이었을까?"

"오손 전사들과의 싸움은 만만치 않지요."

설도우가 대답했다.

"그렇긴 하지. 그런데 도람석 밀매는 또 뭔가?"

"밀매업자들을 통하면 비밀리에 여행하기 쉽지 않겠습니까?"

"그래서란 말이지? 어쨌든 불확실한 상황이지만 대비를 하지 않을 수 없다."

"어찌할까요?"

설도우가 긴장한 채로 물었다. 그러자 적황이 잠시 생각에 잠겼다가 대답했다.

"강을 건너는 것을 한 달 늦추겠네. 그 안에 적어도 그들의 정체를 확실히 알아야 해. 만약 단 노제와 그 아이가 맞고 그들이 이곳에 도착한다면 가장 좋겠지. 물론 일단 그들의 존재를 확인만 할 수 있다 해도… 이 싸움을 거둘 수 있을 걸세."

"그렇긴 하지요."

"그게 가장 좋아. 이 싸움은 승리를 한다 해도 너무 피해가 많은 싸움이란 말이지."

적황의 말에 설도우가 차분하게 고개를 끄떡였다. 그러다가 걱정스러운 표정으로 물었다.

"그런데 갑자기 원정을 미루면 모두들 다른 생각을 할 수도 있을 것 같습니다만……."

"다른 생각이란 내가 원정을 이끌 수 없을 만큼 노쇠했다는 생각이겠지? 그래서 칠왕이든 아바르의 영주들이든 자신들의 야심을 위해 움직일 거고."

"……."

적황의 말에 설도우가 침묵으로 긍정했다.

"후후, 걱정 마시게. 마침 아주 좋은 핑계가 생겼어."

"핑계요?"

"좀 전에 현월문의 사람이 왔네. 현월문의 문주가 온다는군."

"예? 갑자기 왜……? 그렇게 도움을 청해도 모른 척하던 사람이."

"아마 내가 대원정을 시도할 거라고는 생각지 못했을 걸세. 월문이 원하는 것은 언제나 균형이지. 그들의 업(業)이 추구하는 바가 명계와 현계의 균형을 유지하는 일 아닌가. 그런데 내가 대원정을 하게 되면 그들이 예상치 못한 변수들이 발생할 걸세. 마치 그 옛날 그들이 이십팔룡을 이 땅으로 데려와야 했던 그때처럼. 현월문이 이 세계에 대한 통제력을 잃을 수 있다는 걸세."

"그렇기는 하지요. 이 대원정이 성공하든 실패하든 칠왕의 균형을 깨질 테니까요."

설도우가 대답했다.

"그래서 오는 걸세. 대원정의 중단을 요구하겠지."

"잠시 전진을 멈출 이유로는 충분하군요."

"좋은 선물이지. 다른 뭔가를 얻을 수도 있을 것이고."

적황이 희미하게 미소를 지었다.

"알겠습니다. 그럼 일단 불의 검의 주인들을 찾아 사람을 보내야겠군요. 만약 소공자님 일행이라면 도움이 필요할 겁니다."

"그래서 뛰어난 사람이 필요해. 백융!"

적황이 자신을 호위하고 있는 아바르의 전사 중 한 명을 불렀다.

"예, 주군!"

중년의 검사가 적황의 부름에 대답했다.

"모두 들었겠지?"

"예, 주군."

"그대가 간다. 아혼과 아반도 함께 간다. 가서 확인하고 맞는다면 안전하게 데려오라. 최대한 빨리!"

"하지만 주군, 저희 십대호위의 임무는……."

"됐어. 나도 약속하지. 그대들이 돌아올 때까지 난 절대 죽지 않겠다. 하늘이든 적이든 그 누구에게도 말이야. 이 약속이면 되었지?"

적황이 백융이라 불린 아바르의 전사에게 물었다. 그러자 백융이란 사내가 잠시 망설이다 고개를 숙이며 대답했다.

"알겠습니다. 다녀오지요."

"좋아, 그대들이라면 안심이야. 지금 즉시 떠나게."

"알겠습니다."

백융이 대답했다. 그러고는 몸을 돌려 망루를 떠나려는데 갑자기 적황이 그를 불러 세웠다.

"잠깐."

적황이 부르자 백융이 돌아서서 적황을 바라봤다.

"이 일을 방해하려는 자들이 있을 수 있네. 만약에 말이야, 누구라도 이 일을 방해하는 자가 있다면… 죽이게. 그가 누가 되었든. 나 적황 이외에 모든 사람에게 해당되는 일일세."

적황의 말에 백융의 눈이 가늘게 떨렸다. 이 말이 얼마나 무서운 명령인지 잘 알고 있기 때문이다.

이 명령 속의 그 누군가에는 아마도 적황의 친 혈육인 두 명의 황자와 한 명의 황녀도 포함되어 있으리라.

그러나 자신의 주군인 전마 적황의 명령. 평생 그의 명령을 어겨본 적이 없는 백융이므로 망설임은 길지 않았다.

"알겠습니다."

"좋아."

적황이 고개를 끄떡이자 백융이 다시 몸을 돌려 다른 두 명의 검은 사자와 함께 망루를 떠났다.

그러자 설도우가 걱정스럽게 물었다.

"백융을 보내도 될까요?"

"십대호위는 강하네."

"너무 강해서 문제지요."

"응?"

"사황자님과 단 노제님이 맞다 하더라도 제대로 접대를 할지……."

"저 친구들이 자존심은 강한 편이지만 일의 경중을 모르지는 않을 걸세."

"그래야 할 텐데요."

설도우는 여전히 걱정스러운 모양이다.

"자, 걱정은 그만하고 이제 우리도 손님 마중을 가자고."

"직접 말이십니까?"

"상대는 현월문의 문주야. 어찌 앉아서 맞이하겠는가? 더군다나 소문이 나야 할 일이기도 하고."

"그렇군요. 알겠습니다."

           *   *   *

전마 적황이 그의 수하들에게 은밀한 명을 내린 그날 밤, 모든 이가 잠들었을 시간에 성의 북쪽 비밀스러운 장소에선 그의 세 자녀가 오랜만에 다시 모였다.

"알 수 없는 일이오."

적황의 황자 중 둘째인 호탄성의 성주 적호가 고개를 저으며 말했다. 그의 얼굴에 불신이 가득하다.

"믿을 수 있는 정보다."

일황자 적룡이 단호하게 대답했다.

"누구에게서 나온 말인가요?"

삼황녀 적화우 역시 둘째 적호와 마찬가지로 의심 어린 표정으로 적룡에게 물었다.

그러자 적룡이 고개를 저었다.

"말해줄 수 없다는 건 네가 더 잘 알고 있지 않느냐?"

"그럼 오라버니의 말만 믿고 결정해야 한다는 뜻이군요."

"싫다면 나도 강요할 생각은 없다. 그러나 그렇게 되면 우리는 지금까지완 전혀 다른 상황에 처하게 될 거다. 우리 서로가 경쟁자가 아닌 불의 검과 어쩌면 사자의 검까지 가진, 더군다나 아버지의 드러나지 않는 후원까지 받는 아이를 상대해야 한다는 거지. 그런 상황을 앉아서 기다리겠느냐?"

적룡이 추궁하듯 두 동생에게 물었다.

그러자 적호가 가볍게 탁자를 치며 불평을 쏟아냈다.

탁!

"제길, 뢰산 신전을 흩트리는 것으로 일이 끝난 줄 알았는데. 정말이라면 운이 참 좋은 놈이오."

"소식이 사실이라면 그 능력도 무시할 수 없을 것이다. 오손의 대선장 해걸루를 죽였다면."

"흥, 그자 정도야 우리도 언제든 죽일 수 있지요."

삼황녀 적화우가 아무렇지도 않은 표정으로 말했다.

"우리와 비교하자는 것이 아니다. 단지 우리 예상보다 강하다는 거지. 아무튼 가장 확실한 방법은 우리도 사람을 보내는 것이다. 설혹 잘못된 정보였다 해도 손해날 것은 없지 않느냐? 그리고 정보가 사실이라면⋯⋯."

"그럼 어쩌겠소?"

둘째 적호가 물었다.

"음, 어쩌면 좋겠느냐?"

적룡이 적호에게 되물었다. 마치 말의 함정에 빠지지 않겠다는 표정을 지으면서.

그러자 적호가 가벼운 웃음을 흘리며 대답했다.

"후후, 머릿속에 있는 생각이라고 어찌 함부로 입에 담겠소? 그런데 형님, 만약 그 소식이 사실일 경우 일을 시킬 자들은 데리고 있소?"

적호의 은밀한 질문에 적룡이 딱딱한 시선으로 말했다.

"그건 내가 아니라 네가 전문 아니더냐?"

"이런, 그 일을 나 혼자에게 맡기려 한다면 난 빠지겠소. 나중에라도 혼자서 아버지 앞에 불려가는 일은 없을 거요."

적호가 손을 저었다.

"좋아, 그럼 각자 모두 사람을 내도록 하자. 서로 알고 있지 않느냐? 우리 모두 세상에 드러나지 않은 자들을 키우고 있다는 것을."

"먼저 인정하시니 과연 형님답소."

적호가 빙글거리며 말했다.

"넌 부인하겠다는 거냐?"

"아니, 아니오. 지금 이 지경에 뭘 부인하겠소. 화우 너는?"

"좋아요. 나도 사람을 내지요. 그런데 몇이나 내야 하죠?"

"가장 강한 자들로 다섯씩 내도록 하자. 상대는 그 아이만이 아니다. 단 의숙과 오늘 아버님의 명을 받고 떠난 세 명의 호위 전사까지 있다. 그들이 몇 명의 전사를 더 데리고 떠났다면 방심할 수 없는 일이지."

적룡의 말에 두 동생이 고개를 끄떡였다.

"열다섯… 적당한 숫자군요."

"좋아, 동의한 것으로 알겠다. 시간이 없다. 백융 등의 뒤를 쫓아서는 어려운 일이다. 그들을 앞서 가야 한다. 가급적 아바르 강 서안에서 모든 일을 끝내야 할 거다. 내일 정오에 강 건너 오손 땅으로 가는 길 위에서 만나게 하면 될 것이다."

"알겠소."

"알았어요."

적호와 적화우 두 동생이 고개를 끄덕였다.

은밀한 회합을 마친 세 남매가 밀실에서 헤어져 각자의 처소로 은밀히 돌아가자 검은 그림자 하나가 밀실 근처에서 유령처럼 일어나 빠르게 성을 질주하기 시작했다.

거대한 바위와 도람석이 뒤섞인 성채는 미로 같은 길을 가지고 있어서 성에 오래 머문 사람이 아니라면 길을 잃기 십상이다.

그나마 도람석이 만들어내는 희미한 빛이 이 성에 익숙한 자들에게는 길잡이 역할을 하고 있었다. 아마도 귀한 도람석을 조금씩이라도 쓴 이유일 것이다.

세 남매를 살피던 검은 그림자는 아무런 망설임 없이 미로 같은 성내의 길을 질주했다.

그의 움직임이 너무 빨라서 경비를 서는 무사들조차도 들고양이나 차가운 바람이 스쳐 지났다고 생각할 정도였다.

그렇게 성내를 가로지른 검은 그림자가 망루가 바라보이는 튼튼한 건물 앞에 이르렀다.

그러고는 잠시 바람에 막힌 연기처럼 정지하더니 한순간에 그 자리에서 자취를 감추었다.

스스!

길 위에서 자취를 감춘 검은 그림자가 다시 모습을 나타낸 곳은 어둑한 실내였다. 달빛보다 밝은 유등이 켜져 있긴 하지

만 유등 겉을 반투명한 종이가 막고 있어서 실내는 그리 밝지
않았다.

"그들은 돌아갔느냐?"

검은 그림자가 유령처럼 나타나는 순간 거대한 체구의 노인
이 고개를 돌리며 말했다.

마치 잠을 자다 깬 듯한 표정이다. 그러나 그가 잠들어 있지
않았다는 것을 검은 그림자의 주인은 잘 알고 있었다.

"그렇습니다."

"어찌 한다 하더냐?"

"각자 다섯 명씩 사람을 내어 불의 검의 주인을 찾겠다고 했
습니다. 그리고……"

"그리고?"

"만약 그 주인이 성주께서 생각하신 바로 그자라면 살해를
시도할 것 같습니다."

"그래? 단호하군. 셋 모두 동의하더냐?"

"그렇습니다."

검은 그림자의 주인이 대답했다.

"나쁘지 않군."

노인이 자리에서 일어나며 중얼거렸다.

"저희도 사람을 보낼까요?"

"그럴 필요가 있을까?"

"하지만 그가 도착한다면……"

"괜찮아. 정말 그 애송이라 해도, 또 그래서 그 애송이가 이

곳에 온다 해도 상관없다."

노인이 손을 저었다.

"예상보다 뛰어난 자일 수 있습니다."

"그렇다 한들 혼자서 그들 세 남매를 상대할 수 있겠느냐?"

"무황께서 그를 후원하신다면⋯⋯."

"후후, 걱정 말거라. 그가 무황의 인정을 받는다고 해도 반드시 그 세 사람과 싸우게 될 것이다. 그중 누군가는 죽을 수도 있겠지."

"설마 그런 일이야 있겠습니까?"

그림자의 주인이 되물었다.

"권력 다툼에서 혈육은 남보다도 못한 존재다. 그리고 이 땅의 왕좌는 결국 하나다. 그들이 싸우지 않을 수 있겠느냐? 골육상쟁이 일어나면 그 모습을 보는 검은 사자들과 아바르의 전사들 마음도 흔들리지 않을 수 없을 것이다. 무황께선 노쇠하고 후인들은 형제와 다툰다. 그렇다면 다른 대안을 찾지 말란 법도 없지 않느냐?"

노인이 말에 그림자의 주인이 깊이 고개를 숙이며 대답했다.

"성주님의 혜안을 제가 어찌 따르겠습니까. 무슨 말씀이신지 이제야 알겠습니다."

"머리를 숙이고 기다리고 또 기다린다. 그러면 시간은 내 편이 될 것이다. 다만 내가 걱정하는 것은 오직 하나, 다른 이후(二侯)뿐이다."

"다른 분들께서는 아바르의 왕자에는 관심이 없지 않으십니까?"

그림자의 주인이 물었다.

"그렇기는 한데… 이상하게도 그를 보면 불편해. 누군가 내 일을 방해할 사람이 있다면 그들일 것 같은 생각이 든단 말이야. 그러니 아바르의 각 영주에 대한 감시를 늦추지 말라."

"알겠습니다."

그림자의 주인이 대답했다.

대답을 들은 노인이 천천히 걸음을 옮겨 어둠에 잠긴 성을 바라보며 중얼거렸다.

"사람의 운명이란 참으로 알 수 없어. 그러나 무황께서 내게 아바르 제일성이라 불리는 이 고난의 성을 주는 순간 난 깨달았다. 이 성이 아니라 아바르의 주인이 될 운명이 내게 찾아왔음을."

*   *   *

수로(水路)는 갈수록 복잡해졌다. 세 어머니의 호수 중 오손 왕국의 앞마당이랄 수 있는 제왕의 호수 남단을 따라 이어진 수로는 어느 순간부터 거미줄처럼 사방으로 갈라지기 시작했다.

적풍 일행은 그중 한 수로를 따라 이동하고 있었다. 이제 사람들의 머릿속에서 오손 전사들의 추격에 대한 두려움은 사라진 듯 보였다.

수로 곳곳에 형성된 기이한 환영과 환각들의 방어막이 뚫린다 하더라도 수십 갈래로 갈라진 거미줄 같은 수로에서 일행의 흔적을 발견할 수 있는 자들은 없을 것이기 때문이다.

특히 타림 상인들은 이 길을 한두 번 오간 것이 아니어서 그런지 그쯤에서부터 배 위에 올라 앉아 사방을 경계하면서도 얼굴에는 한결 여유가 넘쳐흘렀다.

그리고 타림 상인들이 여유를 찾자 적풍 일행은 그들이 단순한 도람석 밀매업자가 아니라 이 칠왕의 땅에서 특별한 상인들이었음을 새삼스레 느낄 수 있었다.

배 위에서 보여주는 타림 상인들의 모습에선 밀매업자의 그늘이 전혀 느껴지지 않았다.

더불어 여행이 안전해지자 살벌한 추격에 대한 걱정 대신 새로운 세상에 대한 기대감이 십자성 고수들을 들뜨게 하고 있었다.

그리고 또 하나, 십자성 고수들에게 언제부턴가 늘 관심의 대상이 되는 사람들이 있었다. 이 위험하고 기이한 여행의 길 위에서 만들어진 한 가족의 모습이 사람들의 관심을 독차지하고 있었다.

"어찌 보면 정말 잘 어울리지 않아요?"

배의 난간에 위태롭게 올라 앉아 있던 십자성의 젊은 여고수 금화가 입을 열었다.

그러자 난간에 느긋하게 기대 금화와 같은 곳을 바라보고 있던 몽금이 대답했다.

"그러게 말이구나. 성주께서 저렇게 부드러운 미소를 짓는 것은 참 보기 힘든 일이지."

"주모님은 어떻고요. 본래 하늘이 무너져도 흔들림 없이 침착함을 잃지 않는 분이신데 요즘은 한껏 들떠 계시잖아요."

금화의 말에 몽금이 고개를 끄떡였다.

본래 설루는 아름답고 부드러우며 누구에게든 호감을 주는 여인이지만 그렇다고 가볍지는 않았다.

그녀는 천성적으로 신중함과 고귀함을 가지고 태어난 사람이었다. 그래서 웃을 때나 화낼 때조차도 사람을 불편하게 만들지 않았다.

그러나 적사몽을 아들로 받아들이고 나서 설루는 마치 십대의 소녀로 돌아간 듯 수시로 들뜬 모습을 보이고 드러내고 있었다.

그리고 변화는 적풍에게도 있었다. 물론 설루만큼은 아니어서 그는 여전히 말이 없고 과묵했지만, 언제부턴가 그의 얼굴에 드리워진 미소는 그 역시 설루만큼이나 이 상황에 만족하고 있다는 의미이다.

"아무튼 잘된 일이죠?"

금화가 몽금에게 물었다.

"잘된 일이라고 생각하고 싶구나."

"…역시 문제가 될 수도 있겠죠?"

금화의 약간 눈살을 찌푸리며 말했다.

"성주님께 틈이 생길 수 있다는 뜻이라면… 그렇다. 처음 가져보는 아들이니까. 성주께서 보이시는 미소 역시. 안락함은 무사의 검을 무디게 하는 법이니까."

"성주께선 다르실 거예요."

금화가 스스로에게 확신을 주듯 말했다.

"부디 그러길 바란다."

몽금 역시 같은 마음으로 대답했다.

그런데 그때 문득 설루가 고개를 돌려 몽금을 불렀다.

"몽 언니, 금화, 이리들 오세요."

그러자 몽금이 얼른 대답했다.

"무슨 시키실 일이라도?"

"아뇨. 함께 식사해요."

설루의 말에 몽금과 금화가 망설였다. 설루만 있다면 모르지만 자신들의 주군인 적풍까지 있기 때문이다.

"오세요."

망설이는 두 사람을 설루가 재촉했다.

그러자 두 사람은 어쩔 수 없다는 듯 조심스럽게 이 새로운 가족이 모여 있는 곳으로 걸어갔다.

느리게 흘러가는 배의 앞쪽, 타림의 상인들이 준 질 좋은 모피를 깔고 앉아 식사를 하는 적풍의 가족 옆으로 몽금과 금화가 어색한 모습으로 끼어들었다.

"여기 앉으세요."

적사몽이 얼른 자리에서 일어나며 자신의 자리를 양보했다.

"아니, 아니다. 그럴 필요는……."

몽금이 얼른 손을 저었다.

적사몽은 이제 사막에서 죽어가던 어린 노예가 아니었다. 자신들의 주군인 적풍의 아들이다. 그래서 적사몽을 대하는 것도 조금은 어색해진 몽금이다.

"앉으세요. 전 다 먹은걸요."

적풍과 설루의 아들이 되었다고 해서 적사몽은 크게 변하지 않았다. 그는 다른 때와 마찬가지로 십자성 고수들을 존경하고 따랐다. 물론 그의 얼굴이 한결 밝아진 것은 어쩔 수 없는 변화였다.

적사몽의 계속된 권유에 어쩔 수 없이 몽금과 금화가 적사몽이 앉아 있던 곳에 엉거주춤 자리를 잡고 앉았다.

그 불편함을 눈치챘을까. 적풍이 문득 적사몽을 보며 말했다.

"사몽, 이모님들이 식사하시는 동안 우린 잠시 배 뒤쪽에 가서 구경하자꾸나."

"네, 좋아요."

적사몽이 얼른 적풍을 따라나섰다. 적풍이 먼저 걸음을 옮겨 배의 뒤쪽으로 걸어갔다.

"어때요. 어울리죠?"

적풍과 적사몽이 나란히 걸음을 옮기는 것을 보며 설루가 뿌듯한 표정으로 물었다.

그러자 몽금이 슬쩍 두 사람을 보고는 다시 설루에게 바싹 얼굴을 들이대며 물었다.

"그렇게 좋으세요?"

"어머, 티가 나나요?"

설루가 놀란 표정으로 되물었다.

"모르셨어요?"

"금화, 정말 그러니?"

설루가 이번에는 금화에게 물었다. 그러자 금화가 망설이지 않고 고개를 끄떡였다.

"이런, 내가 팔불출이 된 건가?"

"그런 정도는 아니고요."

몽금이 대답했다.

그러자 설루가 빙그레 미소를 지으며 말했다.

"뭐, 팔불출이래도 상관없긴 해요. 그런데 정말 잘 어울리죠?"

설루가 다시 적풍과 적사몽을 가리키며 물었다. 그러자 몽금과 금화가 시선을 돌려 두 사람을 바라봤다.

눈부신 햇살이 수로를 덮고 있는 숲을 뚫고 들어와 두 사람의 머리 위에 내려앉고 있다.

그 햇살의 눈부심 속에 서 있는 두 사람은 이상하게 쌍둥이처럼 닮아 보였다. 후천적인 인연이 아닌 선척적인 운명에 의해 이어진 혈육처럼 그렇게 두 사람은 잘 어우러졌다.

"정말 친 부자라고 해도 믿겠어요."

금화가 중얼거리듯 대답했다.

"인연인가 봅니다, 정말."

몽금도 진심으로 말했다.

"저 사람… 정말 좋아해요. 사몽을."

설루가 말했다.

"그렇게 보입니다."

몽금이 대답했다.

"아니, 언니가 생각하는 것 이상으로요."

"……?"

"어쩌면 처음부터 사몽을 제자로 들일 생각을 한 것 같아요."

"그런가요? 여행하는 도중에는 전혀 그런 내색을 하지 않으셨는데……."

"계속 사몽을 살피고 있었다고 해요. 체질과 신혈의 기운, 그리고 성정도요. 그리고 결론을 내렸죠."

"나쁘지 않았나 보군요?"

몽금이 물었다.

"나쁘지 않은 정도가 아니에요. 자신보다 낫다고 하더라고요."

"설마요?"

몽금이 믿을 수 없다는 듯이 말했다. 그도 그럴 것이, 같은 신혈의 피를 지닌 몽금이지만 적풍에 대해서만큼은 자신들과 다른 무엇인가를 가지고 있는 사람이라고 생각했기 때문이다.

그녀가 적풍의 십자성에 몸을 의탁한 것이 십여 년, 그동안 적풍이 보여준 무공의 성취와 타고난 신력은 다른 신혈족에 비할 바가 아니었다.

그래서 그녀는 아마도 적풍이 신혈족이 가질 수 있는 최대치의 능력을 지닌 것이 아닌가 생각할 정도였다. 아니면 그 한계를 뛰어넘었을 수도 있었다.

그 증거로 적풍의 손에 칠왕의 순수 혈통을 자랑하는 신화지왕의 후계자 우다문이 죽었고, 염화마군 철특도 상대가 되지 못했다.

또 이 땅에 와서는 오손의 대선장 해결루 역시 가볍게 무너뜨린 적풍이다. 그런 면에서 보자면 적풍은 칠왕을 능가하는 선천적 신력을 지니고 있을지도 몰랐다.

그런 적풍을 능가하는 선천적 기운을 적사몽이 가지고 있다고는 도저히 믿을 수 없었다.

몽금이 믿으려 하지 않자 설루가 조금 우울한 표정으로 말했다.

"저 사람의 판단을 전 믿어요. 비극적인 일이기는 하지만 아마도 여러 사람이 저 아이의 그런 능력을 알아봤을 거예요. 그래서 사몽의 피를 탐하는 자가 생겼고, 그 친부모는 사몽을 데리고 도주할 수밖에 없었던 거죠."

"아……!"

몽금은 새삼스레 적사몽이 자신의 피를 빼앗으려는 자들에 의해 쫓기고 있었다는 사실을 깨달았다.

그 사실이 생각나자 어쩌면 적사몽에 대한 적풍과 설루의 판단이 틀리지 않을 수 있다는 생각이 들었다.

"그래서 나도 저 사람도 마음이 급해요."

"무슨 말씀이세요?"

옆에서 두 사람의 대화를 듣고 있던 금화가 물었다.

"여전히 누군가는 저 아이를 노리고 있을 것이란 뜻이다."

"추격자들이 또 있을까요?"

"아마도……."

"그럼 조심해야겠군요. 특히 아바르에 들어가서는."

"가장 좋은 방법은 저 아이가 스스로 자신을 지킬 능력을 가지는 것이지."

설루가 대답했다,

"무공을 가르치고 계시나요?"

이번에는 몽금이 물었다.

그러자 설루가 가볍게 고개를 끄떡였다.

"솔직히 말하자면 우린 최선을 다해 저 아이를 강하게 만들고 있어요. 저 사람은 자신이 알고 있는 모든 무공을 내일 죽을 사람처럼 전하고 있고, 난 저 아이의 잠력을 깨우기 위해 밤마다 천의비문의 비술을 동원하고 있어요. 봉황침을 쓰면 좋은데 아직은 아이가 봉황침의 기운을 이겨내지 못할 것 같아서 미뤄두고 있을 정도죠."

"성취는 어떤가요?"

"솔직히 말하면 무서울 정도예요."

"그렇게 빠른가요?"

"첫째, 저 사람이 판단했듯 순수하면서도 강렬한 신혈의 기운이 넘쳐나요. 봉황침이 아니라 다른 침을 이용해 잠력을 깨워도 주화입마를 걱정해야 할 정도죠."

"그렇게나……."

몽금이 놀란 표정을 지우지 못했다.

"그보다 더 중요한 것은 저 아이의 총명함이에요. 몸으로 수련하는 것은 몰라도 저 사람이 전해준 무공들을 단번에 기억하더군요. 그 구결 안에 있는 무공의 이치를 깨우치는 속도 역시 보통 사람 이상이고요."

"무학의 일대 기재라는 거군요."

"저 사람이 말하기를 이런 재질은 오직 한 사람에게서만 보았다고 하더군요."

"누구 말입니까? 우리가 아는 사람 중에 그런 사람이 있었나요?"

"월문의 법황이요."

"아! 그분이라면야……."

본래 십자성의 고수들은 월문과 십여 년 동안 불가피한 동업자로서 불가분의 관계를 유지했지만, 그렇다고 월문에 대해 호의적인 것은 아니었다. 신혈족들이 고난의 세월을 보낸 이유 중 하나가 바로 월문이었기 때문이다.

그러나 그럼에도 불구하고 월문의 일을 도운 것은 당대 월문의 법황 허소월의 존재 때문이다.

십자성주 적풍과 의형제를 맺은 허소월은 십자성이 있는 신곡을 자기 집처럼 드나들었고, 그런 허소월의 행동을 십자성의 신혈족들도 자연스럽게 받아들였다.

단지 그가 적풍의 의형제이기 때문만은 아니었다. 그는 월문의 법황으로서도 신혈족을 위해 보이지 않은 곳에서 많을 일을 하고 있었다.

그의 존재로 인해 신혈족은 십자성이라는 어둠 속의 절대자로서 강호에서 그 지위를 유지할 수 있었다.

그런데 강호 무림의 가장 존귀한 위치에 있다고 해도 과언이 아닌 월문 법황 허소월의 나이는 아직도 삼십 대, 그러나 그 능력은 전대 법황 우서한을 능가하고 적풍과도 우열을 가릴 수 없는 실력을 지녔다는 소문이 십자성엔 파다했다.

그런 능력을 삼십 대에 갖추려면 천부적인 자질을 타고나지 않으면 불가능한 일이다.

"저 사람이 그러더군요. 가끔 사몽에게서 월문 법황의 모습을 본다고."

"두 분은 참 특별한 인연이었지요. 성주님 말씀처럼 만약 사몽에게……."

몽금이 말을 하다 말고 설루의 눈치를 살폈다. 이제 적사몽은 십자성주이자 그들의 주군인 적풍의 아들이다. 그런 아이의 이름을 함부로 불러도 되나 싶은 걱정이 든 것이다.

"편하게 부르세요. 사몽에게 언니나 다른 대협 분들을 모두 이모나 숙부로 생각하라 했거든요."

"그러셨군요. 배려에 감사드립니다."

"배려라뇨, 당연한 일이죠."

설루가 부드러운 미소로 답했다. 그러자 몽금이 잠시 멈춘 말을 이어갔다.

"만약 사몽에게 월문 법황의 모습이 있다면… 부디 그런 사람으로 성장했으면 하는 생각이 드네요. 월문 법황… 외유내강한 분이지요."

"나도 그렇게 생각해요. 나중에라도 사몽과 만날 기회가 있으면 좋을 텐데. 아마 많을 것을 가르쳐 주실 거예요."

"호호, 주모님도 자식에 대한 욕심은 어쩔 수 없으시군요. 주군과 주모님만 해도 보통 사람은 한 번 만나기조차 어려운 스승님들인데요."

"그런가요? 제가 너무 과한 욕심을 부린 건가요?"

"말이 그렇다는 거지 과한 욕심은 아니지요. 언젠가 다시 무림으로 돌아가면 결국 만나게 될 테니까요."

"무사히 말이죠."

설루가 말을 덧붙였다.

그러자 몽금이 크게 고개를 끄떡였다.

"맞아요. 무사히 돌아가야죠. 우리 모두."

배는 끊임없이 앞으로 나아갔다. 그렇다고 속도가 빠른 것은 아니었다. 물길은 복잡했고 곳곳에서 거친 숲이 앞을 막았다.

그래서 적풍 일행이 타림의 비밀 수로를 완전히 벗어나는 데

는 거의 보름의 시간이 필요했다. 그렇게 보름의 여행 끝에 일
행은 드디어 비밀 수로의 끝에 도달했다.

　수로의 끝에서 일행을 가장 먼저 맞이한 것은 거대한 폭포였
다. 천하를 모두 땅속으로 빨아들이는 것 같은 광대한 폭포가
자욱한 물안개를 일으켜 폭포 주변을 자세히 볼 수 없게 만들
고 있었다.

　이 폭포가 바로 세 어머니의 호수 끝자락, 제왕을 호수 너머
마지막 호수인 평온의 호수까지 지나야 만날 수 있는 폭포 잉
가였다.

제6장
잉가에서 모든 길이 갈라진다

고오오!

처음에 그 소리를 들었을 때, 십자성의 고수들은 이것이 물이 만들어내는 소리라고는 전혀 생각지 못했다. 아니, 처음에는 그 소리의 존재 자체를 그렇게 심각하게 생각하지도 않았다.

소리의 느낌은 중저음으로 울리는 현의 깊은 울림 같았다. 몸으로 미세하게 울림이 전해지지만 귀에는 들리지 않는, 그런 소리였다.

그래서 사람들은 그 울림에 편안함을 느낄지언정 어떤 경계심도 갖지 않았다.

그러나 타림의 상인들은 달랐다. 그들은 소리가 느껴지기 시작한 그때부터 분주하게 움직이기 시작했다.

하루가 지나자 소리는 좀 더 커졌다. 이제는 귀로도 명확하게 느낄 수 있을 정도였다.

"이게 대체 무슨 소리지?"

아침 일찍 일어난 이위령이 갑자기 커진 소리의 정체를 궁금해하자 어느새 그의 곁으로 다가온 파묵이 말했다.

"폭포 소립니다."

"폭포?"

"그렇습니다. 이제 거의 다 온 것 같습니다. 세 어머니의 호수 끝엔 잉가라는 거대한 폭포가 있습니다. 잉가는 원주족 말로 생명이란 뜻입니다. 그 폭포에서 시작된 강들이 칠왕의 땅 곳곳으로 퍼져 나가 이 땅에 생명의 기운을 불어넣기 때문에 생긴 이름이지요."

파묵이 소리의 근원인 폭포에 대해 자세히 설명했다.

"무척 큰 모양이군. 마치 지진이 난 것 같은 걸 보면."

"길이가 수십 마르에 이르지요."

"보자, 일 마르가 오 리라 했으니까… 어이쿠야, 무척 크군."

이위령이 놀란 표정을 지었다.

"큰 정도가 아니라 거대하다고 해야지요. 폭포 위쪽에는 크고 작은 수많은 섬이 퍼져 있어서 일단 그 영역으로 들어서면 그때부턴 오손의 전사들이라 해도 함부로 움직일 수 없습니다. 언제 어느 때 급류에 휘말려 폭포로 떨어질지 모르기 때문입니다. 그러니… 이 길도 거의 끝나가는 것 같습니다. 타림의 이 비밀 수로는 반드시 그곳을 지나게 될 것 겁니다. 마지막 추격을 피해서요."

"그럼 그곳을 지나면 헤어지겠군."

"그렇습니다. 이후에는 길이 다르지요. 폭포를 지나면 타림의 성으로 가는 길과 아바르로 가는 길이 갈리게 될 겁니다."

"타림의 성이란 곳도 가보고 싶긴 한데……."

"재밌는 곳이지요."

파묵이 고개를 끄떡이며 말했다.

"그래? 가봤나?"

"그럼요. 어떤 면에서 보면 칠왕의 땅에서 가장 자유로운 곳이라고 할까요. 물론 아름다운 송령이라 불리는 성주가 성의 통제권을 가지고 있긴 하지만 상인들을 위해 존재하는 성이라서 칠왕이 다스리는 성과는 전혀 다른 분위기지요. 살인이나 방화 같은 중죄를 저지르지 않는 이상 싸움이 벌어져도 처벌받지 않습니다."

"정말 재밌는 곳이군."

이위령은 부쩍 관심이 가는 모양이다. 그러자 파묵이 신이 난 듯 다시 말을 이었다.

"거기다가 타림성에는 없는 것이 없지요. 세상에 있는 물건 중 그곳에서 구할 수 없는 물건은 없을 겁니다."

"어떻게 칠왕의 땅에 그런 곳이 존재할 수 있는 거지? 그건 타림이 칠왕의 통제에서 완전히 벗어나야 가능한 일 아닌가?"

"뭐… 운이 좋다고 해야지요."

"그게 운으로 될 일인가?"

"칠왕의 균형이 만들어낸 일이란 뜻입니다. 칠왕의 후예를 자처하는 이 세력들은 자존심이 무척 강하지요. 그래서 서로 거래를 하는 것조차도 꺼립니다. 하지만 일곱 왕국의 땅에서는 각기 다른 재화가 생산되니 서로 필요한 것을 교환하는 거래는 반드시 필요합니다."

파묵이 말했다.

"아하, 타림성이 바로 그 중간자 역할을 한다는 거군?"

"맞습니다. 각 왕국에서 나온 재화는 일단 타림성에 모입니다. 그리고 그곳에서 각 왕국과 거래하는 상인들에 의해 다시 물건을 필요로 하는 왕국으로 팔려가지요. 그렇게 해서 칠왕의 세력들은 서로 거래를 하지 않으면서도 각자에게 필요한 재화를 얻게 되는 겁니다."

파묵이 타림성에 대해 열을 올리며 설명하는 이유는 그가 세상을 여행하던 그 시절, 그곳에서 타르두의 딸 타린과 가장 즐거운 시간을 보냈기 때문이다.

타림의 성은 특히나 다른 칠왕의 성들과 달리 원주족에 대한 편견도 옅어서 원주족 출신의 파묵과 타린도 자유롭게 타림성을 즐길 수 있었다.

"그런데 그런 역할이 도람석을 밀매한 자들이 타림의 상인이란 것이 알려져도 가능한 건가?"

"그게 묘하지요? 가능합니다."

"정말 오손에서 책임을 묻지 않아?"

"묻지 않는 것이 아니라 못하는 거죠. 타림성을 공격해 무너뜨릴 수는 있겠지만, 그렇게 되면 오손은 자신들에게 필요한 어떤 물건도 구하지 못할 겁니다. 타림성의 성주 아름다운 송령은 단순히 타림의 성주 이상의 의미를 가지거든요. 그녀는 칠왕의 땅에서 활동하는 모든 상인의 조정자 같은 사람입니다. 그런 그녀의 성을 몰락시킨다는 것은 상인들과의 관계가 끊어진다는 것을 뜻하지요. 물론 칠왕 중 서너 명이 동의한다면 가능할지도 모르지만. 더군다나 밀매가 타림 상인들에 의해 이뤄졌다는 결정적인 증거는 없지 않습니까? 저 양반이 잡힌다면 몰라도."

파묵이 손을 들어 언제부터인가 속도를 멈추고 적풍 일행이 탄 배와 거리를 좁히고 있는 타림의 배를 가리켰다.

배 위에는 타림 상인들의 우두머리 야르간이 난간에 나와 다가오는 적풍의 배를 바라보고 있었다.

"할 말이 있나 보군."

"그런 듯합니다."

파묵이 대답했다.

두 배 사이의 거리는 금세 좁혀졌다.

그러자 야르간이 두 사람의 짐작대로 십자성 고수들이 타고 있는 배로 건너갈 준비를 하기 시작했다.

적풍의 배로 넘어온 야르간은 적풍과 십자성의 고수들 눈앞에서 양피지로 만든 커다란 지도를 펼쳤다.

차르륵!

말려 있던 양피지 지도가 펼쳐지며 맑은 소리를 냈다.

아주 오랫동안 사용한 지도인 듯 양피지의 색이 바래고 그 끝이 약간씩 해져 있다. 그럼에도 지도에 그려진 선들은 선명했다. 아마도 매번 양피지의 지도에 새로운 길, 혹은 새로운 지형을 그려 넣는 듯 보였다.

"이 정도가 칠왕의 땅입니다."

야르간이 지도의 중심 부근에 손으로 큰 원을 그리며 말했다.

물론 그 정도는 야르간이 설명하지 않아도 누구나 알 수 있다. 이 현계의 중심은 칠왕의 땅, 그러니 당연히 지도의 중심도 칠왕의 땅일 것이다.

"그리고 우리는 여기 있습니다."

야르간의 말에 모두가 관심을 보였다.

야르간은 칠왕이 땅 남단, 큰 호수 세 개가 줄지어 그려진 지점의 동쪽 끝을 가리켰다. 그곳에 적풍 등이 알아볼 수 없는 글씨가 쓰여 있고, 호수로부터 이어지는 폭포의 모습과 그 폭포에서 시작되는 긴 강의 모습이 그려져 있었다.

야르간이 다시 입을 열어 그들이 있는 지점에 대해 설명했다.

"세 어머니의 호수 끝엔 잉가라는 거대한 폭포의 군락이 있습니다. 수십 개의 폭포가 수십 마르 넘게 펼쳐져 있지요."

이미 파묵으로부터 들은 이야기지만 십자성의 고수들은 묵묵히 야르간이 폭포 잉가에 대해 말하는 것을 듣고 있었다.

"아무튼 이제 다 온 거요?"

적풍이 물었다.

"그렇습니다. 수로의 끝은 폭포 위로 빠져나가게 되어 있습니다. 그곳에서 폭포 상단을 가로질러 북쪽 숲으로 들어갈 겁니다."

"그대들은 거기서 떠날 거요?"

적풍이 다시 물었다.

"타림까지 동행하시겠다면 저로서야 환영입니다만……."

야르간이 약간의 기대를 품은 표정으로 적풍에게 말했다.

그러자 적풍이 단우하를 바라봤다. 적풍과 시선이 닿은 단우하가 가볍게 고개를 저었다.

"아무래도 그건 안 되겠구려."

"역시 그렇군요. 아쉽습니다. 아무튼 그럼 북쪽 숲에 들어가면 서로 그곳에서 헤어지게 되겠습니다. 물론 제가 잠시 동행을 해드릴 수는 있습니다. 아무래도 육로로 여행하려면 준비가 필요하실 텐데 그 준비를 할 수 있는 마을까지는 함께 가드리지요."

야르간으로서는 큰 호의를 보인 것이다. 그러나 십자성 고수들의 반응은 덤덤했다. 대신 소두괴가 다시 질문을 던졌다.

"폭포 위쪽에 오손의 전사들이 없겠소?"

"우리가 가는 길로는 없을 거요. 우린 폭포 바로 위를 통해 갈 테니까. 오손의 전사들이라도 위험해서 함부로 들어오지 못하는 곳이오."

"듣자 하니 폭포에 근접하면 위험하다던데?"

"물론 위험한 길이오. 하지만 걱정하실 필요 없소. 그곳이야
말로 이 비밀 수로의 절정이라고 할 수 있는 곳이오. 그곳을 횡
단할 안전한 물길을 찾기 위해 우린 아주 오랜 시간이 필요했
소. 물론 사람도 여럿 죽었소. 아무튼 그래도 결국 길을 찾긴
했으니 우리 뒤만 따라오면 되오."

마지막 말을 하면서 야르간이 타르두를 바라봤다.

"걱정 마시오. 따라가는 건 문제가 아니니."

타르두가 대답했다.

그러자 야르간이 고개를 끄떡이고는 다시 적풍을 바라봤다.
야르간이 잠시 망설이는 듯하다 결국 입을 열었다.

"어젯밤 늦게 소식이 왔습니다만… 칠왕의 세력 여러 곳에서
이쪽으로 사람을 보낸 듯합니다. 그들이 우리 타림의 상인들을
목적으로 세상에 나온 것은 아닐 겁니다."

"나에 대한 소문이 퍼졌단 뜻이구려."

"아마도……."

"그런 면에서 보면 이쪽에서 그대들과 헤어지는 것이 당신들
을 위해서도 좋은 일이겠구려."

"그런 말씀 마십시오. 이번 여행에서 받은 은혜는 반드시 보
답하겠습니다."

야르간은 오손 전사들과의 싸움 이후 완전히 적풍에게 매료
되어 있었다.

만약 불의 검을 쓴 적풍이 신화지왕의 일족이라면 이렇게까지 적풍에게 매료되지는 않았을 것이다.

그러나 적풍의 정체는 여전히 모호했다. 그런데 오히려 정체를 알 수 없는 것이 적풍에 대한 신비감을 더욱 부채질한 측면도 있었다.

"서로 이득을 보는 일이었으니 부담 가질 필요 없소. 그런데 이 지도, 우리에게 줄 수 있소?"

적풍이 배 위에 깔린 지도를 가리키며 물었다.

"물론입니다. 그러려고 가져온 겁니다. 감사의 선물이랄까요."

"유용하겠소?"

적풍이 타르두에게 물었다.

타림의 상인들과 헤어진 이후에는 다시 타르두가 일행의 길을 책임져야 할 것이기 때문이다.

"물론입니다."

타르두가 대답했다.

"좋소. 그럼 일단 폭포를 지나고, 다시 봅시다."

적풍이 야르간에게 말했다.

"알겠습니다. 그럼."

야르간이 적풍에게 고개를 숙여 보이고는 지도를 놓아둔 채 자신의 배로 건너갔다.

그 이후부터는 네 척의 배가 지금까지와는 다르게 아주 느리게 움직이기 시작했다.

콰아아!

정확히 그 높이를 알 수 없는 수십 개의 호수가 지진이 난 듯한 굉음을 만들어냈다. 그 굉음이 시작되는 곳에서 구름처럼 일어난 물보라가 폭포와 그 위 호수의 끝부분을 안개로 덮었다.

배는 그 안개 속으로 들어갔다.

안개는 그 안에 또 다른 세계를 만들었다. 그 세계는 배를 타고 이동하기에는 너무나 위험했다.

폭포로 향해 끝없이 질주하는 물의 흐름도 위험했지만, 그것보다 더 위험한 것은 안개 속 수십 리에 걸쳐 펼쳐진 작은 수초 섬의 군락이었다.

간혹 아예 물속에 뿌리를 박고 자란 나무들도 있었다.

수심은 당연히 깊지 않았다. 수심은 얕고, 유속은 빠르다. 그리고 곳곳에서 수초 섬과 나무가 길을 막았다.

대체 이런 곳으로 배를 끌고 들어온 자들은 무슨 생각일까 하는 의구심이 생기고도 남을 곳에서 배는 꾸역꾸역 앞으로 나아갔다.

물론 돛은 내린 지 오래였다. 이제 배를 움직이는 것은 오로지 사람의 힘. 그래서 십자성의 고수 몇몇은 배 아래로 내려가 조심스럽게 노를 젓고 있었다.

적풍은 설루와 적사몽을 데리고 갑판 위에서 위태롭게 이어지는 뱃길을 살피고 있었다.

타림의 상인이 만들어냈다는 길과 흑수족의 노련한 길잡이 타르두의 능력을 믿지 못하는 것은 아니지만, 만약의 경우 설루와 적사몽을 데리고 배에서 탈출할 준비를 하고 있는 적풍이다.

콰콰쾅!

한순간 천지가 무너지는 듯한 굉음이 일어났다. 사람들의 시선이 자연스럽게 굉음이 터져 나온 곳으로 향했다.

오랜 세월을 힘겹게 버텨온 나무 하나가 계속되는 물살의 공격을 이겨내지 못하고 뿌리째 뽑혀 거대한 폭포 아래로 떨어지며 낸 소리였다.

"정말 건널 수 있을까요?"

결국 적사몽의 입에서 겁에 질린 목소리가 흘러나왔다. 아무리 담대하다 해도 적사몽은 아직 어린아이였다.

그런 아이에게 이 뱃길은 날카로운 절벽 위를 걷는 것보다도 두려운 길이었다.

"걱정 말거라. 아무 일도 없을 거야."

설루가 적사몽의 손을 꼭 잡으며 말했다.

"이런 곳을 배로 이동한다는 것을 믿을 수가 없어요."

"오랜 세월 타림의 상인들이 만든 길이라고 하지 않느냐? 사람이란 시간이 주어지면 뭐든 해내는 존재란다."

"어머님 말씀이 맞아요. 하지만… 그렇게 해낸 일이 항상 옳은 것은 아니죠."

적사몽의 입에서 흘러나온 뜻밖의 말에 설루와 적풍이 동시에 서로를 바라봤다. 아이가 하는 소리치고는 지나치게 어른스러웠다. 하지만 틀린 말도 아니었다.

사람이 수십 년, 혹은 수백 년에 걸쳐 만들어내는 그 무엇이 반드시 선(善)하거나 모두를 안전하고 옳은 길로 인도하는 것만은 아니라는 것을 누구보다 잘 알고 있는 사람이 적풍과 설루였다.

"맞는 말이다. 그러니 너도 앞으로 무슨 일을 하더라도 반드시 그 일의 결과가 어떨지 생각해야 한다. 그렇지 않고 목적을 이루는 것에만 매달리면 자기 자신을 잃어버리고 괴물이 되어 있을 수도 있단다."

"예, 걱정 마세요."

"그래, 넌 천성이 곧은 아이이니 올바른 길로 갈 거야. 이 수로도 결국은 안전한 곳으로 우릴 데려다줄 거고 말이다. 그러니 너무 걱정하지 말거라."

설루가 적사몽의 머리를 쓰다듬으며 말했다.

그러자 적풍이 퉁명스러운 목소리로 두 사람의 대화에 끼어들었다.

"무조건 착하고 옳은 것이 좋은 건 아냐. 독해질 땐 독해져야 한다. 그래야 자기 자신과 소중한 것들을 지킬 수 있어."

"그런 걱정은 하지 말죠? 우리 사몽이가 누구에게 뭔가를 빼앗길 아이는 아니니까요. 그렇지?"

설루가 적사몽을 보며 물었다.

"그럼요. 이젠 어릴 때처럼 힘없이 당하고 살지만은 않을 거예요."

적사몽의 두 눈에서 자신감이 묻어났다.

"그러기 위해선 아직 배워야 할 것이 많다."

적풍이 당부하듯 말했다.

"열심히 하고 있잖아요."

설루가 다시 적풍의 말에 반박했다. 그러자 적풍이 설루를 보며 말했다.

"다행이야."

"뭐가요?"

"사몽이 어려서 고난을 겪은 것 말이야. 물론 불행한 일이었지만 그 고난 없이 당신을 만났다면 당신의 과보호에 나약한 아이가 되고 말았을 거야."

"지금 그 말, 날 흉보는 거야?"

설루의 억양이 높아졌다.

"흉을 보다니, 내가 어떻게 당신 흉을 보겠어. 그냥 말이 그렇다는 거지."

적풍이 가볍게 미소를 지으며 대답했다.

그 모습을 보고 있던 적사몽이 갑자기 웃음을 터뜨렸다.

"하하하!"

"사몽, 왜 웃지?"

"그냥 두 분이 다투면서도 한편으로는 즐거워 보여서요."

"즐겁다고? 난 정말 네 아버지에게 화를 내고 있다고. 모르겠니?"

"아뇨, 알아요. 그리고 세상에서 유일하게 어머니만 아버님께 화를 내실 수 있다는 것도 알죠."

"사몽, 역시 넌 똑똑한 녀석이다. 그 이치를 알았다면 우린 그만 자리를 떠야 한다는 것도 알고 있겠지?"

적풍이 적사몽에게 말을 하고는 서둘러 걸음을 옮겼다. 그러자 적사몽이 얼른 적풍을 따라나섰다.

"흥, 저 두 부자가 날 따돌리네. 사내들이라고……."

설루가 멀어지는 두 사람을 보며 투덜거렸지만, 그녀의 눈가에는 숨길 수 없는 미소가 떠올라 있었다.

그러다가 문득 설루의 얼굴에 근심이 서렸다. 그러고는 무거운 목소리로 중얼거렸다.

"오늘 사몽이 그 이야기를 듣고 감당할 수 있을까? 후우, 아니, 사몽은 너끈히 받아들일 거야. 그런 아이니까."

"두렵지 않느냐?"

"폭포요?"

적풍이 묻자 적사몽이 되물었다.

"아니. 아바르로 가는 일."

적풍이 말했다.

그러자 적사몽이 잠시 생각에 잠겼다가 대답했다.

"두려워요."

"그런데 왜 가지 않으면 안 되냐는 말을 한 번도 하지 않지?"

"두렵다고 숨어만 다닐 수는 없잖아요? 더군다나 아버지는 그곳에 꼭 가야 하는 분이신 것 같고."

"듣고 싶던 말이다. 사실 세상은 두려움으로 가득 차 있다. 인간은 누구도 미래를 모르니까. 모른다는 것이 모든 두려움의 근원이지. 하지만 그래도 내일을 몰라 두렵다고 오늘 죽을 수는 없는 일이다. 그 두려움조차 즐거운 호기심으로 받아들이는 것, 그걸 용기라고 한다."

"아버지도 두려운 것이 있으세요?"

"물론 나도 두렵다. 매일, 매 순간 나와 너, 그리고 네 어머니와 나의 사람들에게 안 좋은 일이 일어날까 봐 두렵다. 그러나 일단 그 일이 눈앞에 닥치면 난 그 순간 두려움을 잊는다. 오직 내게 닥친 일을 이겨내는 것에 집중하지. 이건 연습이 필요한 일이다. 그런데 넌 더 이상 연습이 필요 없는 것 같구나."

"왜요?"

"네가 죽음으로써 마르칸의 제자가 되는 것을 거부했을 때 넌 이미 두려움을 이겨내는 법을 몸으로 체득했으니까. 그렇지?"

"맞아요. 그래서 아바르로 가는 것도 그렇게 걱정되지는 않아요."

"후후, 넌 강한 녀석이야. 하지만 좀 더 강해져야 한다. 알고 있지?"

"네."

적사몽이 다부진 얼굴로 고개를 끄떡였다.

"사몽, 난 네 엄마와 널 지킬 거다. 그 무엇에게서도. 하지만 아무리 내가 곁에서 널 지켜주려 한다 해도 결국 널 지켜야 하는 것은 너 자신이다. 그걸 잊지 말거라."

"명심할게요. 그리고 저도 어머니를 지킬게요."

"대견하구나. 그런데 난 안 지켜주겠다는 거냐?"

적풍이 짐짓 서운한 표정으로 물었다.

"그야 아버지는 세상에서 가장 강한 분이니까요."

"그렇지가 않아. 아바르에서 날 기다리는 사람들, 그리고 칠왕이란 자들은… 솔직히 말해서 나도 조금 걱정이 된단다."

"아니에요. 그들보다 아버지가 더 강해요."

적사몽이 단호하게 말했다.

"왜 그렇게 생각하지?"

"생각이 아니라 느낌이에요. 전 그냥 아버지가 세상에서 가장 강한 사람이라고 느껴져요. 그런 확신이 들어요."

적사몽의 말투에서 확신이 느껴진다.

그런 적사몽을 보며 적풍은 아이가 자신을 닮았으면서도 조금 다른 점도 있다는 것을 깨달았다.

그러나 그 다름이 적풍을 서운하게 하지는 않았다. 왜냐하면 자신과 다른 적사몽의 성정이 그가 가장 좋아하는 한 사람과 닮았기 때문이다.

당대 월문의 법황 허소월. 처음부터 적사몽이 마음에 들었던 것은 아이가 허소월과 비슷한 면이 있기 때문이었다.

그런데 시간이 지날수록 점점 더 적사몽에게서 의제 허소월의 모습을 발견하는 적풍이다.

어린 나이에도 불구하고 보통의 아이들과는 다른 신비로움이 느껴지는 적사몽의 분위기는 처음 적풍이 허소월을 만났을 때를 떠올리기에 충분했다.

어쨌거나 아들이 아버지를 믿는 것은 기분 좋은 일이었다. 세상 그 누구보다도 자신의 아들에게 인정받는 아버지는 행복하다.

그러자 걱정하고 있던 일, 그가 오늘 적사몽에게 해줄 이야기의 무거움도 한결 가벼워지는 듯한 느낌이 들었다.

"내가 왜 아바르로 가는지 아느냐?"

"이제 그 이야기를 해주실 건가요?"

적사몽이 호기심을 보이며 되물었다.

"음, 이제 곧 배에서 내릴 것이고, 그때부터는 이런 시간을 갖기 힘들 테니 그전에 말해줘야 할 것 같구나."

"신혈 일족으로서 아바르에 가시는 것만은 아니었군요."

"맞다. 난 그곳에서 만날 사람이 있다."

"…그게 누군가요?"

"듣자 하니 지금 이 땅에서 가장 강한 사람이라고 하더구나."

"가장 강한 사람이라면… 설마 무황님이요?"

적사몽이 눈을 동그랗게 뜨며 되물었다.

"음."

적풍이 무겁게 고개를 끄떡였다.

적사몽이 잠시 입을 열지 못했다. 적풍의 여행이 특별한 의미를 지녔으리라 짐작했지만 설마 당대 아바르의 지배자 무황을 만나러 가는 것이라고는 생각지 못한 것이다.

"원한이… 있나요?"

"아니다. 원한은 없다. 원망은 가끔 했지. 물론 그것도 예전 일이기는 하지만."

"원망이라면 특별한 인연이 있단 거군요. 어떤 관계죠?"

적사몽이 침을 꿀꺽 삼키며 물었다.

무황 적황과의 인연이다. 가볍든 무겁든, 좋든 나쁘든 그 인연이 특별하지 않을 수 없었다.

"그 양반이… 내 아버지다."

"……?"

적사몽은 선뜻 적풍의 말을 알아듣지 못했다. 너무 허황된 말이어서 오히려 적풍의 말을 듣지 않은 것 같은 착각을 잠시 일으킨 것이다.

그러나 잠시 후 뇌의 기능이 정상으로 돌아오자 적사몽이 자신의 입을 막았다.

"헙!"

"놀랐느냐?"

적풍이 아무렇지도 않은 표정으로 물었다.

"서, 설마… 정말요?"

적사몽이 주변을 살피며 다시 물었다.

주위에는 그들의 말을 들을 사람도 없고 설혹 듣는다고 해도 십자성의 고수들은 이미 모두 알고 있는 사실이기에 걱정할 일이 없었지만 적사몽은 달랐다.

세상에 드러나지 않은 무황의 아들이라면 그건 어린 적사몽이 생각해도 칠왕의 땅에 큰 변화를 가져올 일이었던 것이다.

　"사실이다. 그 양반이 내 아버지다. 그러나 한 번도 만난 적이 없는 아버지지."

　"어, 어떻게……?"

　"후우, 사몽, 오늘 난 네게 아주 충격적인 이야기를 해줄 거다. 네 나이에는 받아들이기 힘든 일일 수도 있다. 그러나 어쩔 수 없구나."

　"아버지가 무황님의 아들이라는 것보다 더 충격적인 이야기가 있어요?"

　적사몽이 고개를 저으며 물었다.

　"아마도 그럴 거다."

　"도대체 무슨 이야기죠?"

　적사몽은 두려운 빛까지 보였다. 그러자 적풍이 적사몽의 어깨에 손을 올리며 말했다.

　"처음에는 두렵고 믿기 힘들 것이다. 그러나 이 칠왕의 땅의 역사를 알고 있다면 결국 이해하게 될 것이다. 그리고 시간이 지나면 두려움보다는 호기심이 널 두려움에서 자유롭게 할 거라고 생각한다. 그리고 우린 같이 흥미로운 여행을 할 수 있을 거다."

　"위험하지만요?"

　"그래, 그건 정확하다. 이 여행은 무척 위험하다."

　"뭐… 좋아요. 전 어쨌든 준비되었어요. 그러니 이제 아버지의 아버지에 대한 것보다 더 충격적인 이야기를 해주세요."

"좋아. 음, 교벽이란 것이 있다."

적풍이 잠시 생각에 잠겼다가 교벽을 말하는 것으로 이야기를 시작했다.

그리고 적풍은 그때부터 적사몽에게 교벽과 밀교의 문으로 연결된 신비로운 두 개의 세계에 대해 가능한 한 그가 알고 있는 모든 것을 적사몽에게 이야기하기 시작했다.

제법 긴 이야기였다. 적사몽은 가능하면 적풍에게 질문을 하지 않았다.

적풍의 이야기는 그의 말대로 무척 두려운 것이었지만, 또한 어린 적사몽에겐 신비로운 전설 같아서 어린 시절 간혹 꿈꾸던 미지의 세계로의 여행 같은 느낌이 들기도 했다.

그래서 적풍의 예상대로 이야기가 길어질수록 두려움은 서서히 엷어지고 이 두 개의 세계에 대한 참을 수 없는 호기심이 솟구치기 시작했다.

그렇게 거의 한 시진이 넘게 적풍의 이야기가 이어졌다. 간혹 십자성의 고수들이 갑판으로 나오기는 했지만 적풍과 적사몽 곁으로 다가오지는 않았다.

이들 두 부자가 무척 심각한 이야기를 나누고 있다는 것을 누가 봐도 알 수 있었기 때문이다.

그리고 또한 대부분 적풍이 적사몽에게 해주는 이야기가 무엇인지도 짐작하고 있었다.

"그럼 결국 아바르에 도착해서는 무황님의 후계자 자리를 놓고 싸워야 하는 건가요?"

신비롭고 긴 이야기 끝에 결국 두 사람의 대화는 현실로 돌아왔다.

적사몽에게 밀교의 문이나 교벽을 통해 아버지 적풍이 살던 세계로 여행하는 것은 부차적인 일이었다.

당장은 그들이 가는 곳, 아바르에서 일어날 일이 중요했다.

"상황을 봐야겠지."

"아닐 수도 있단 건가요?"

"사실 난 아바르의 권력 따위엔 관심이 없다. 그러나 신혈족의 생존은 조금 다른 문제지."

"그렇군요. 아버지는 명계에서도 십자성을 세워 신혈족의 자립을 이루었으니까요. 사실 고난으로 말하자면 이 땅의 신혈족이 훨씬 더 오랜 세월을 겪었지요. 칠왕의 땅이 생긴 이후 줄곧 노예로 살았다고 했으니까요. 무황님이 나타나기 전에는 계속 그런 신세였다고 해요."

신혈족의 생존에 대해선 적사몽도 관심이 많은 모양이다.

"그 양반은… 한 아이의 아버지로서는 모르겠지만 신혈족 전체로 보면 대단한 일을 한 사람이지."

"두 분 모두 마찬가지시네요. 역시 두 분은 닮았나 봐요."

"후후, 언젠가는 너도 그런 일을 하게 될 것이다."

"에이, 전……."

"왜, 피가 다르다고 말하고 싶은 것이냐?"

"……."

적사몽이 대답을 미뤘다.

"사몽, 이상하게 들릴지 모르겠지만, 넌 우리 두 부자와 무척 닮았다. 물론 다른 점도 분명히 있지. 그런데 그 다름이 널 나와 무황보다 더 강하고 특별한 존재로 만들 것이다. 그러니 핏줄이 다름에 대해 아쉬움은 버려라."

"그런 건 아니에요. 그렇게 생각했다면 돌아가신 친 부모님께 죄송한 일이죠. 다만… 제가 두 분처럼 대단한 사람이 될 수는 없을 것 같아서 걱정이죠. 두 분의 명성에 흠이 될까 봐."

"그건 걱정 말거라. 설혹 그렇다 해도 아무 상관없는 일이지만, 사실 넌 우리보다 더 대단한 사람이 될 거야."

"정말 그렇게 생각하세요?"

적사몽이 두려운 눈으로 되물었다. 그러자 적풍이 적사몽을 잠시 바라보다가 다른 이야기를 꺼냈다.

"내가 월문에 대해 이야기했지?"

"예, 신비롭고 대단한 문파지만 무척 무서운 문파이기도 하니 조심해야 한다고요."

"그래, 그 말 중에 고칠 것이 없다. 월문은 정말 두려운 문파지. 또한 우리 부자와 악연이 있기도 한 문파다. 그럼에도 불구하고 난 명계의 월문, 특히 그 월문의 당대 법황과 무척 가까운 사이다. 그래서 당대의 월문과 함께 일할 수 있던 것이다."

"그분은 어떤 분이죠?"

"나와 의형제인 사람이다."

"월문 법황이요?"

적사몽은 또다시 놀란 표정을 지었다.

월문은 칠왕의 땅에서도 전설의 이름이었다. 단지 그 이름이 현월문으로 불릴 뿐이다.

보이지 않은 곳에 존재하면서 세상의 모든 이치를 알고 있다고 알려진 곳이 현월문이다. 칠왕의 혈족들조차도 현월문에 대해서는 항상 조심한다고 알려져 있었다.

그런 현월문의 뿌리가 다른 세계에 있고 그 정통 월문의 법황이 아버지 적풍의 의형제라니 놀라지 않을 수 없었다.

"그래, 그와 난 어린 나이에 만난 이후 줄곧 의형제로 살았다. 월문과 십자성이 대립할 때조차 그 관계는 변하지 않았다."

"대체 어떤 분이시죠?"

"아주 특별한 사람이지. 그는 침착하고 현명하며… 정이 많다. 그러나 역대 월문의 법황이 모두 그러하듯 그 역시 필요하면 독해지는 사람이기도 하다."

"속을 알 수 없는 사람이란 뜻인가요?"

"나쁘게 말하면 그렇지."

"……."

적풍이 대답에 적사몽이 인상을 찡그렸다.

흑상에게 끌려 다니면서 속 음흉한 자들을 경멸하게 된 적사몽이다. 그런 적사몽의 생각을 알았을까. 적풍이 웃으며 말했다.

"그렇다고 계책으로 사람을 옭아매는 음흉한 사람은 아니야.

이렇게 말하는 게 좋겠구나. 속이 깊은 사람이라고. 누굴 속이는 사람이 아니라는 뜻이다."

"알겠어요. 아버지의 의형제라면 당연히 좋은 사람이겠죠."

적사몽이 고개를 끄떡였다.

"그의 이름은 허소월이다. 반드시 기억해 두거라."

"허소월. 알았어요. 기억할게요."

적사몽이 허소월의 이름을 되뇌며 대답했다.

"내가 소월에 대한 이야기를 네게 하는 이유는 그가 월문 법황이자 내 아우이기 때문만은 아니다. 그것보다는 네가 너 자신에 대해 자신감을 갖길 원하기 때문이다."

적풍의 말에 적사몽이 어리둥절한 표정을 지었다.

월문 법황과 자신이 무슨 관계가 있단 말인가. 그로 인해 자신감을 가지라니. 적사몽의 의문이 얼굴에 그대로 묻어나자 적풍이 다시 말을 이었다.

"너와 난 여러 면에서 닮았다. 그런데 분명 다른 점도 있지. 그런데 좀 전에 말했듯이 그 다른 점에 있어서 넌 소월과 무척 닮았구나. 내가 소월을 처음 보았을 때 난 그에게서 어린 나이에도 불구하고 흘러나오는 알 수 없는 신비로움과 자유로움을 느꼈다. 그런데 너도 그걸 가지고 있어."

"제가요?"

"그래. 흑상들에게 잡혀 죽어가는 상황에서도 너에게선 이상하게 여유 같은 것이 느껴졌다. 그런 기운은 참 오랜만에 느껴보는 것이었다. 난 항상 위험을 직시하고 칼날 위에 선 것처럼 살아온 사람이거든. 그런데 넌 모든 것을 여유 있게 받아들이는 성정을 지닌 것 같았다. 그래서 난 네가 나보다, 혹은 무황 그 양반보다 뛰어난 사람이 될 거라 생각하는 것이다. 우린 붙어 싸우는 것만이 전부인 사람들이니까."

"그렇지 않아요. 두 분은 대영웅의 면모를 가지고 계세요."

"영웅? 하하! 살다 보니 그런 소리도 듣는구나. 명계에서 난 영웅보다 마인에 가까운 인물로 알려졌단다."

"그건 사람들이 아버지의 진면목을 모르니까요. 그리고 또 자신들이 무슨 짓을 했는지도 모르는 거죠."

"아무튼 나쁘지는 않구나. 아들이 아버지를 영웅으로 생각하는 것은."

적사몽과 있을 때만큼은 다른 때와 전혀 다른 모습의 적풍이다. 오직 설루와 적사몽만이 적풍을 유쾌한 사람으로 만들 수 있었다.

"어쨌든 법황님이 보고 싶기는 해요."

"그래, 나도 소월이 그립구나. 이제 생각해 보면 소월은 내게 큰 의지가 되는 아우였던 것 같아. 지금도 그가 있다면 이곳에서의 일을 좀 더 수월하게 풀어갈 수 있을 텐데……."

"아버지는 잘해내실 거예요. 그런데 아버지."

"응?"

"그는 어떡하죠?"

"그?"

"십면불 도광이요."

"그자 말이구나. 껄끄러운 문제긴 하지."

십면불 도광은 적사몽의 피를 원하는 자였다.

만약 그가 적사몽을 만난다면 분명히 적사몽을 알아볼 것이다. 어려서부터 눈여겨봐온 적사몽이고, 적풍은 굳이 적사몽의 이름을 숨기지 않을 것이기 때문이다.

"그가 다시 날 노릴까요?"

"글쎄, 야심이 있는 자니 그럴지도 모르지. 하지만 그에게 과연 그럴 기회가 있을지는 모르겠다."

"무슨 말씀이세요?"

"만약 내가 아바르에서 누군가와 싸워야 한다면 난 가장 먼저 그를 칠 생각이다."

"아버지!"

적사몽은 오늘 적풍에게 계속해서 놀라고 있었다.

"그는 네 친부모의 죽음과 관련이 있는 자야. 그런 자에게서 빚을 받아내지 않을 수 없다. 적어도 그 빚을 받아내야 내가 돌아가신 네 부모님께 당당히 널 내 아들로 삼았다고 말할 수 있을 거다."

"하지만 굳이 그런 위험한 일을……."

적사몽은 적풍이 자신의 복수를 위해 위험에 처하는 것을 원하지 않았다. 그러나 적풍은 은원을 확실하게 매듭짓는 것을 삶의 방식으로 삼는 사람이라 위험을 능히 감수할 사람이었다.

"꼭 너의 복수만을 위해서는 아니다. 그는 아바르의 운명에도 위험한 인물이란 생각이다. 네 피를 원한다는 것은 아바르의 제왕 자리를 노리겠다는 건데, 그런 자가 아바르의 주인이 되면 신혈족들의 삶이 어떻게 되겠느냐?"

"그렇기는 해요. 동족의 피를 원하는 자니까요."

"아무튼 넌 그에 대해 전혀 겁을 먹을 필요가 없다. 넌 이제 나 적풍의 아들이야. 머리를 숙여야 할 자는 그다. 뒤로 숨지도 말고 그를 피하지도 말거라."

"알았어요."

적사몽이 다부진 표정으로 말했다.

"그리고 오늘 네게 해준 이야기 중 일부는 세상에 알려져선 안 되는 것들이다. 알고 있지?"

"그럼요. 오늘 들은 이야기는 오직 제 머릿속에만 있을 거예요."

"좋아, 그럼 이제 어머니에게 가볼까? 아까부터 우릴 바라보는 눈초리가 심상치 않았다."

"앗! 정말요?"

적사몽이 놀란 표정으로 고개를 돌렸다.

그러자 선실 앞에서 설루가 팔짱을 낀 채 선실 문에 기대어 두 사람을 지그시 바라보고 있다.

그러다 적사몽과 눈이 마주치자 손을 내밀어 손짓했다.

"사몽, 설마 하루 종일 이 어미를 심심하게 하지는 않을 거지?"

다분히 협박이 섞인 목소리다.

"물론이죠, 어머니. 그렇지 않아도 뵈러 갈까 했어요."

"그래, 한 시진이 넘게 아버지와 밀담을 나눴으니 이젠 그만 네 아버지의 마수에서 벗어나거라."

"마수라니, 말이 좀 심한 거 아닌가?"

적풍이 서운한 표정으로 말했다.

"흥! 사몽에게 무슨 말을 했을지 다 알고 있어요. 결국 누군가와는 싸울 거라는 이야기를 했잖아요?"

"그, 그야……."

"그러니 사몽, 이제 싸움 얘기는 그만하고 이리 오너라. 사람은 좋은 말과 좋은 소리를 들어야 하는 법이야."

설루의 말에 적사몽이 적풍을 바라봤다. 그러자 적풍이 미소를 지으며 적사몽의 어깨를 밀었다.

"가봐라. 새겨들을 말이다. 사람은 좋은 말을 들으며 살아야 좋은 사람이 되는 거란다. 네 어머니는 네게 좋은 말을 해줄 수 있는 가장 적당한 사람이다."

적풍의 말에 적사몽이 설루를 향해 달려갔다.

제7장
여행자의 마을 서홀

콰아아!

계속해서 이어지는 폭포의 광란에 사람들은 불안한 마음으로 그날 밤을 지냈다. 누구도 제대로 잠을 청한 자가 없었다.

그렇게 위태로운 뱃길로 폭포 위를 횡단한 시간이 정확히 하룻밤. 그 하룻밤이 지나자 일행은 새로운 두려움과 마주쳤다. 그건 갑자기 모든 소리가 사라진 세상이었다.

완벽한 침묵이 그들을 기다리고 있었다. 물론 등 뒤에서 계속 폭포의 거대한 울음이 들려오기는 했다. 그러나 폭포의 울부짖음조차도 눈앞에 다가온 침묵을 깨뜨리지는 못했다. 왜냐하면 이 침묵은 소리가 아니라 눈으로 느끼는 침묵이었기 때문이다.

새벽안개가 구름처럼 숲에 내려와 있었다. 폭포에서 발원한 안개구름은 폭포의 생명력을 그대로 지니고 있었다. 손을 들어 만지면 차가운 폭포의 수온이 그대로 전달될 정도였다.

자신의 무게를 견디지 못하고 곳곳에서 비처럼 방울 지어 떨어지는 안개의 구름 아래에서 숲은 태초의 침묵을 지키고 있었다.

안개구름 때문에 숲으로 빛이 들어오지 못했지만, 설혹 안개구름이 없다 해도 이 숲은 빛을 허락하지 않았다.

무성하게 자란 잎들이 하늘을 막고, 그 아래 오래된 건물의 기둥처럼 기이한 모양으로 꿈틀거리며 서 있는 나무 기둥들은 살아 움직이는 괴물처럼 보였다.

그리고 그 안쪽은 온통 어둠이었다. 횃불이 아니면 도저히 앞을 볼 수 없는 어둠의 숲, 그런데 타림의 상선들은 거침없이 그 숲으로 들어가고 있었다.

"젠장, 정말 들어가도 되는 곳인가?"

괴물처럼 다가오는 숲을 보며 이위령이 질린 표정으로 중얼거렸다.

"생각보다 안전한 곳이오."

배를 몰고 있는 노인 타르두가 말했다.

"위험하지 않단 말이오?"

이위령이 되물었다.

"그렇소. 길만 알고 있다면 그 어느 곳보다 안전하오. 왜냐하면 이 숲 안에서는 누구도 우릴 공격할 수 없기 때문이오."

"그러니까, 추격자나 기습을 하려는 자들조차 이 어둠으로 인해 힘을 쓰지 못한다는 것이오?"

"그렇소. 이 안에서는 누구라도 자신의 생명 하나 숲 밖으로 챙겨 나가는 데 충실할 수밖에 없소. 그래서 길을 안다면 어디 보다 안전하오. 다행히 타림의 상인들은 자신들만의 길을 확보한 것 같으니 걱정할 필요가 없는 숲이오."

"얼마나 걸리우?"

이위령이 다시 물었다.

"그리 길지 않소. 중간에 멈추지만 않는다면 반나절 안으로 우린 숲 동쪽의 초원을 보게 될 거요. 그럼 이 배도 쓸모를 다한 거지. 또한 정작 위험이 있다면 그곳에서부터 시작될 거요. 아마도 기다리는 자들이 있지 않겠소?"

"오손의 전사들 말이오?"

"그들뿐이라면 걱정할 필요 없을 것이오. 이 숲은 사실 세 어머니의 호수 경계여서 숲을 빠져나가면 오손의 영역이 아니오. 그곳에선 오손조차도 대규모 추격대를 보낼 수 없는 땅이라오."

"그럼 아바르의 땅이오?"

이위령이 다시 물었다. 그러자 타르두가 다시 고개를 저었다.

"그것도 아니오. 음, 아바르의 영역은 축복의 강이라 불리는 아바르의 강 동쪽에서 시작되오. 강의 서쪽으로 백 마르 정도는 그 누구의 땅도 아니오. 그 땅은 예전부터 칠왕 각자의 영역 중간에 위치한 불가침의 땅이었소. 모두가 인정한 완충지대

랄까. 그래서 상인들에게는 아주 좋은 공간이기도 하오. 또한 그곳에서는 칠왕의 세력에 귀속되지 않은 자들이 소규모로 마을을 이루고 살아가고 있기도 하오. 물론 그들은 칠왕의 땅에서 어떤 권력도 갖지 못하는 사람들이긴 하오. 힘으로 차지한 땅이 아니기 때문에 말이오."

"불가침의 완충지대라… 여행은 편하겠구려."

"후후, 미안하지만 그렇지는 않을 것이오."

"그건 또 무슨 말이오?"

"큰 도적들이 못 들어오면 작은 도적들이 날뛰는 법 아니겠소? 물론 큰 도적들도 적은 숫자지만 가려 뽑은 강자들을 보냈을 것이고 말이오."

"음, 생각해 보니 그렇구려. 노인장 말이 맞소. 하지만 그렇다 해도 별로 걱정할 필요는 없을 것 같소."

"그건 또 무슨 말이오?"

"같은 숫자라면 말이오, 흐흐, 세상의 그 누구도 우릴 이길 수 없소. 한 백 명쯤 몰고 오면 모를까. 뭐 그쯤이라도 크게 겁먹을 것은 없지만."

이위령이 히쭉 미소를 지어 보였다.

만약 다른 사람이 이런 말을 했으면 타르두는 자만에 빠진 자라고 멸시했을 수도 있다. 그러나 이위령의 자신감을 남다르게 느껴졌다. 그가 여행을 하며 본 이들 십자성 고수들이란 자들은 충분히 이런 자부심을 가질 만했다.

"그래도 위험한 것은 위험한 것이오."

타르두가 당부하듯 말했다.

"물론 나도 쉽게만 생각하는 것은 아니오."

이위령이 타르두의 진심을 읽고는 진지하게 대답했다.

투툭, 투툭!

배가 나뭇가지에 스치면서 나뭇가지에 맺혀 있던 이슬이 소낙비처럼 쏟아졌다. 그래서 일행은 대부분 선실에 들어가 이 침묵의 숲이 끝나기를 기다렸다.

그러던 어느 순간, 꽤 느리지만 쉬지 않고 전진하던 배가 갑자기 그 움직임을 멈췄다.

"다 온 건가?"

배가 멈추자 선실에 들어가 있던 십자성 고수들이 하나둘 밖으로 나왔다.

그런데 밖은 여전히 어둠의 숲 그대로였다. 그렇다고 숲 저편으로 출구가 보이는 것도 아니었다.

"무슨 일이 있소? 왜 배가 선 것이오?"

감문이 타르두에게 물었다.

그러자 타르두가 손을 들어 앞서 가는 타림의 배들을 가리켰다. 타르두가 배를 세운 것은 그의 의사가 아니라 타림의 배가 멈췄기 때문인 것이다.

적풍과 십자성의 고수들이 배의 앞머리 쪽으로 다가왔다. 그리고 타림의 배를 향해 멈춘 이유를 물으려는 찰나, 타림의 배에서 야르간이 희미한 빛 아래 모습을 드러내며 나직하게 소리쳤다.

"이곳에서 물건을 내리고 가겠습니다."

적풍에게 하는 소리다.

"무슨 물건 말이오?"

감문이 어리둥절한 표정으로 적풍을 대신해서 물었다.

"우리가 가진 물건이 뭐가 있겠소. 도람석이지."

"도람석? 아니, 대체 여기서 도람석을 어디로 옮긴단 말이오?"

감문이 황당한 표정으로 물었다. 그러자 야르간이 흐릿한 빛 속에서 손을 들어 배 밑 물속을 가리켰다.

"물속에 말이오?"

감문이 되물었다.

"그렇소."

"대체 왜……?"

"이 숲 끝에서 만나는 초원은 아바르 강 서안으로 칠왕의 완충지대요."

"알고 있소. 그래서 더 안전하다고 하더구만……."

"하지만 대신 눈이 많소. 더군다나 성주께서 불의 검을 가지셨으니 칠왕의 사람들도 몇몇은 아바르 강 서안으로 왔을 것이오. 그런 곳으로 도람석을 싣고 다닐 수는 없소. 사실 평소에도 우린 이곳까지만 도람석을 가지고 온 후 물속에 도람석을 보관해 두고 있소. 이후에 거래가 이뤄지면 사람들의 이목을 피해 필요한 만큼만 가져가는 것이오."

"아하, 결국 이곳이 그대들의 비밀 창고인 셈이군."

감문이 이해가 간다는 듯 고개를 끄떡였다.

"맞소. 도람석을 물에 넣은 후 우리 세 척의 배는 서로 다른 방향으로 흩어질 것이오. 그리고 배들을 각기 다른 곳에 숨긴 후 육로로 이곳을 떠날 것이오."

"정말 주도면밀하군. 그렇게 되면 당신들은 흔적도 없이 세 어머니의 호수 끝에서 사라지는 꼴이 되는구만."

감문이 감탄한 듯 고개를 끄떡였다.

"그럼 우리와도 여기서 작별이오?"

듣고 있던 소두괴가 물었다.

"본래는 그렇소. 그러나 앞서 말했듯이 성주님과 여러분은 제가 이 숲을 벗어난 후 첫 번째 마을이 있는 곳까지 안내해 드리겠소이다. 그곳에서 말과 여행에 필요한 몇 가지 물건을 준비해 드리겠소."

"고맙소."

소두괴가 안심한 듯 고개를 숙여 보였다.

"당연한 일이오. 우리가 받은 은혜가 있는데……. 그럼 짐을 내리는 동안만 기다려 주십시오."

야르간이 적풍을 보며 말했다.

"알겠소."

적풍이 대답을 한 후 설루와 적사몽이 있는 선실로 들어갔다.

적풍의 모습이 사라지자 야르간이 타림의 상인들을 독려하기 시작했다.

"서둘러라! 일 차간 안에 짐을 모두 내린다!"

타림의 상인들에게 이 어두운 숲에서 도람석을 내리는 일은 무척 익숙한 듯 보였다.

그들은 배 위에 세운 기중기를 통해 무거운 도람석을 한 번에 십여 덩이씩 물속에 넣었다.

물속에 담그는 도람석에는 각기 사각으로 묶인 긴 줄이 이어져 있었다. 나중에 도람석이 필요할 때 물속에서 건져 올리기 쉽게 줄을 매어놓는 것이다.

"줄이 썩지 않을까? 물에 잠기는데……."

소두괴가 고개를 갸웃했다. 그러자 파묵이 대답했다.

"저 밧줄은 두점밀이라는 나무의 껍질을 이용해 만든 겁니다. 두점밀의 피는 물에 닿으면 더 강해지는 성질이 있지요. 그래서 배에서 주로 쓰입니다. 대신 물에 담그면 유연함이 부족해서 바위를 매달 수는 있어도 사람 묶기는 쉽지 않죠."

"여기도 쓰였나?"

소두괴가 그들이 타고 있는 배를 가리키며 물었다.

"돛을 매단 줄이 두점밀 피로 만든 겁니다."

파묵이 대답하자 사람들이 새삼스레 돛을 매단 돛 줄로 시선을 돌렸다. 짙은 검은색 돛 줄이 어느 때보다 튼튼해 보였다.

풍덩!

갑자기 일행의 귀에 제법 큰 물소리가 들렸다. 그 소리에 놀라 고개를 돌리니 타림의 상인들이 마지막으로 남아 있던 도람석을 물속으로 던져 넣고 있었다.

"모두 끝났습니다."

세 척의 배에서 거의 동시에 목소리가 들렸다.

"좋아, 그럼 각자 배를 몰아 정해진 위치로 가서 하선하라. 어느 때보다 조심해야 한다. 이곳까지 감시하는 눈이 있을 수 있다."

야르간이 신중한 어조로 당부했다.

"알겠습니다, 상주!"

세 척의 배에서 일제히 대답이 들렸다.

"두오와 우룽구는 나와 함께 손님들의 배로 간다. 나머지는 각자 정해진 길로 성으로 복귀하라."

"예, 상주!"

다시 타림 상인들의 대답이 들렸다.

"좋아, 그럼 모두 떠나라!"

야르간이 명을 내리고는 자신이 타고 있는 배를 조금씩 뒤로 물렀다. 그렇게 뒤로 물러난 야르간의 배가 적풍의 배와 닿을 듯 가까워지자 야르간이 두 명의 수하와 함께 적풍의 배로 넘어왔다.

"상주, 조심하십시오."

야르간이 떠난 배에 남은 상인 중 하나가 야르간에게 소리쳤다.

"내 걱정은 말고 너희들이나 조심하라."

"알겠습니다. 그럼 가보겠습니다."

배에 남은 타림의 상인이 고개를 숙여 보이고는 서둘러 배를 몰고 어두운 숲 속으로 사라졌다.

타림의 배 세 척이 사라지자 숲은 더욱 적막해졌다. 세상의 모든 영혼이 사라진 세계에 십자성의 무사들만 덩그러니 남은 듯했다.

그 침묵은 슬그머니 공포를 몰고 와 십자성 고수들을 다급하게 했다.

"우리도 어서 갑시다. 젠장, 지옥에 와 있는 느낌이네."

조어장이 투덜거렸다.

그러자 타르두가 닻을 들어 올리고 배를 출발시켰다. 타르두 옆에는 야르간이 붙어서 배가 움직여야 할 방향을 알려주고 있었다.

십자성의 무사 중 선실로 들어간 사람은 적풍과 설루, 그리고 적사몽 말고는 없었다.

그들은 이 기이한 숲의 끝과 새로운 세계가 시작되는 것을 반드시 자신의 눈으로 확인해야 하는 것처럼 그렇게 갑판에 올라 스쳐 지나는 침묵의 숲을 주시하고 있었다.

그렇게 현계의 시간으로 일 차간, 명계의 시간으로 반 시진이 지났을 때 일행은 서서히 자신들을 비추는 햇살을 느낄 수 있었다.

우거진 나무숲을 뚫고 들어오는 햇살은 화살처럼 따가웠지만 십자성의 고수들은 그 빛의 화살을 피하지 않았다.

햇살의 따가움 쯤이야 세상에 다시 나온 것 같은 기쁨에 비할 바가 아니었다.

햇살이 파고든다는 것은 숲 위에 드리운 안개구름이 사라졌다는 의미기도 했다. 그건 그들이 폭포로부터 제법 멀리 이동했다는 뜻이다.

그리고 얼마 지나지 않아 일행은 드디어 더 이상 배가 갈 수 없는 곳에 당도했다.

쿵!

묵직한 소리를 내며 배가 멈췄다. 드디어 배의 앞머리가 땅에 닿은 것이다.

그러자 선실 아래쪽에서 노를 젓고 있던 두 명의 젊은 고수 와한과 파간이 갑판을 향해 소리쳤다.

"뭡니까?"

"다 왔다. 올라와라."

감문이 대답했다. 그러자 두 젊은 고수가 재빨리 배 위로 올라왔다.

"오! 햇빛!"

파간이 반가운 듯 손을 들어 숲 사이로 내리꽂히는 햇살을 만졌다. 형체가 없는 햇살이 그의 손에 따뜻하게 닿았다.

"이제 좀 살 것 같군."

와한도 그간 어두운 숲이 답답했는지 크게 호흡을 했다.

"이제 내려야 하오. 성주께 전해주시오."

야르간이 감문을 보며 말했다.

감문이 고개를 끄떡이고는 선실로 들어가려는데 적풍과 설루가 적사몽을 데리고 벌써 선실을 나서고 있었다.

"도착했나요?"

설루가 감문에게 물었다.

"그렇습니다. 아직 숲입니다만, 배는 더 이상 갈 수 없습니다. 이곳부터는 걸어야 합니다."

"그래도 땅을 밟을 수 있다니 좋군요."

설루가 고개를 끄떡였다.

"바로 떠나시겠습니까?"

야르간이 적풍에게 물었다.

"그럽시다."

적풍이 대답하자 야르간이 감문 등을 보며 말했다.

"간단한 짐만 챙겨주시오. 다른 필요한 것들은 마을에서 준비해 드리겠소."

"알겠소이다. 모두 들었지? 꼭 필요한 짐만 챙겨 나와. 일각이다!"

감문의 명에 십자성의 고수들이 각자 머물던 선실로 달려갔다.

"아깝군요."

십자성 고수들보다 먼저 배에서 내린 파묵이 타르두의 배를 만지며 중얼거렸다. 튼튼한 배를 버리고 떠나야 하는 것에 대한 아쉬움이다.

"살다 보면 뭔가 버릴 때는 미련 없이 버릴 줄 알아야 한다."

타르두가 냉정하게 말했다.

"나중에 우리가 사용해도 되겠소?"

뒤따라 내린 야르간이 물었다.

적풍 일행은 이곳으로 다시 돌아올 것이라는 보장이 없지만 타림의 상인들은 반드시 돌아올 것이기 때문이다.

"좋을 대로 하시오."

타르두가 선선히 대답했다.

"고맙소. 나중에 사례는 충분히 하리다."

"아니오. 팔겠다는 것은 아니니까. 사용하고 이 자리에 가져다 놓으시오. 언젠가는……."

어쩌면 다시 자신이 살던 곳으로 돌아가야 할지도 모른다는 생각에 타르두가 말했다.

"알겠소이다. 조심해서 쓰겠소."

야르간이 타르두의 속내를 알아채고 진지하게 대답했다.

그사이 십자성의 고수들이 하나둘 배에서 뛰어내렸다. 무공을 수련한 사람들이라 타르두가 내려놓은 사다리 같은 것은 아무 소용이 없었다.

그리고 가장 늦게 적풍이 적사몽을 데리고 땅을 밟았다.

"갑시다."

적풍이 내려서자마자 야르간에게 말했다. 야르간이 고개를 끄떡이고는 타르두와 함께 길을 열기 시작했다.

그렇게 일행은 한 달여간의 긴 뱃길 여행 끝에 세 어머니의 호수를 벗어나고 있었다.

적풍의 눈이 가늘어졌다.

눈부신 태양이 그의 눈을 찔러왔다. 어둠에 익숙한 눈이 갑작스러운 태양의 광채를 부담스러워했다.

사박사박!

적풍과 십자성 고수들의 발자국 소리가 속삭이듯 들려왔다. 그들이 걸음을 조심해서는 아니었다.

땅은 무르고 초지는 부드러웠다. 계절이 가을인지 누렇게 물들어가는 초지를 밟으니 그렇게 누군가 속삭이는 소리가 만들어졌다.

적풍이 손으로 눈을 가리며 잠시 뒤를 돌아봤다. 그들이 뚫고 나온 거대한 침묵의 숲이 저승처럼 그들을 바라보고 있다.

그런데 이상하게도 그 저승 같은 침묵의 숲이 금세 그리워졌다. 누구도 방해하지 않던 침묵의 자유가 앞으로 닥쳐올 소란스러운 삶에 비해 나을지도 모른다는 생각이 들었다.

"잠시 쉬시겠습니까?"

적풍이 걸음을 멈추고 숲을 바라보자 야르간이 물었다. 그러자 적풍이 고개를 저었다.

"아니오. 갑시다."

"알겠습니다."

야르간이 대답을 하고는 다시 초원을 걷기 시작했다.

"이야, 정말 딴 세상이로구만!"

숲에서 벗어나자 만난 초원은 낮고 부드러운 구릉을 만들어 내며 동쪽으로 이어지고 있었다.

그중 한 구릉을 오르자 끝없이 펼쳐진 너른 초원이 눈에 들어왔다. 남쪽 멀리에는 뱀처럼 구불거리는 여러 개의 강줄기도 보였다.

아마도 그들이 지나온 폭포 아래쪽에서 만들어져 사방으로 퍼져 나가는 강물일 것이다.

"살 것 같군요."

와한이 크게 숨을 쉬며 말했다. 와한은 몽고 출신이라 이런 초원을 보니 자유로움을 느끼는 모양이다.

"저 길을 따라가면 서홀이 나옵니다. 첫 번째 마을 서홀까지는 삼 일 길입니다. 물론 여러분의 능력이라면 서둘러서 이틀 안에도 도착할 수 있습니다만……."

야르간이 손을 들어 그들이 올라선 구릉으로부터 이백여 보 떨어진 곳에서 시작된 길을 가리켰다.

길이라고는 하지만 겨우 그 형태만 있을 뿐 초원의 다른 부분과 다를 바 없었다. 하지만 멀리서 바라보면 길은 하나의 선을 그리며 이어져 있어서 방향을 가늠하고 나가는 데는 어려움이 없었다.

"서둘지 말고 천천히 갑시다."

적풍이 말했다.

"알겠습니다."

야르간이 대답하고는 먼저 구릉을 내려가기 시작했다. 그 뒤를 따라 십자성의 고수들이 서둘러 구릉을 떠났다.

적풍은 천천히 가자고 했지만 새로운 길에 대한 설렘이 그들로 하여금 게으를 수 없게 만들었다.

*　　　　*　　　　*

누렇게 익어가는 초원은 풍요의 상징이다. 그러나 이 땅의 초원은 풍요롭지 않았다.

땅은 넓었으나 농사를 짓는 땅이 없었다. 단우하의 설명으로는 이 땅은 사철 건조하고 기온이 그리 높지 않아 농사를 짓기에는 적당하지 않은 땅이라고 했다.

대신 초원이 발달해서 유목을 하는 사람들이 터전으로 삼기에 적당했는데, 명계로 보자면 몽고 초원이나 천산 너머 서역으로 이어진 긴 초원 지대와 비슷했다.

일행이 찾아가는 마을 서홀은 그래서 유목민들이 시작한 마을이었다. 계절의 변화가 그리 심하지 않은 아바르 강 서안이지만 그래도 겨울도 있고 짧지만 우기도 있었다. 그 계절을 나기 위해 유목민들이 만든 마을이 서홀이었다.

그러나 마을 서홀은 칠왕의 시대에 들어서면서부터 그 성격이 변했다. 칠왕의 시대, 아바르의 강 서안 칠왕의 완충지대는 평화의 땅이라고는 하지만 유목이 번성할 만큼 한가로운 땅도 아니었다.

물론 지금도 곳곳에서 소규모로 유목을 하는 사람들이 없는 것은 아니었다. 그러나 그 규모나 숫자는 칠왕 이전의 시대, 이 땅의 주인을 자처한 원주족들이 머물던 시기의 일 할에도 미치지 못했다.

그럼에도 불구하고 마을 서흘은 사라지지 않았다. 아니, 오히려 과거 유목민이 계절을 따라 찾아들던 때에 비해 규모가 더 커졌다. 그 이유는 유목민이 떠난 자리를 장사꾼들이 차지했기 때문이다.

칠왕의 시대가 시작되고, 칠왕 세력의 균형이 팽팽하게 유지되던 시기에 이 땅을 가장 자유롭게 왕래한 자들은 상인과 여행자였다.

칠왕은 서로 견제하느라 자신들의 성 밖으로 나오길 꺼렸고, 또한 타인들이 자신들의 영역에 들어오는 것도 극도로 경계했다.

그래서 원주족이 이 땅의 주인일 때보다도 성(城)과 성(城) 사이의 왕래는 급격하게 줄어들었다. 평화의 시대라고 부르기 무색할 만큼 서로 교류가 없는 시간이었던 것이다.

하지만 칠왕은 서로 교역을 하지 않으면 절대 삶을 이어갈 수 없었다.

비옥한 아바르에서는 풍부한 곡물이 생산되었고 오손에선 도람석이 나왔다. 석림과 신화지왕의 불의 성에서는 풍부한 철이 생산되었다.

그리고 칠왕의 땅 북쪽 끝 신성한 영역에 자리 잡은 정령의 왕족은 이 땅에 사는 사람들이 필요로 하는 약초의 칠 할을 생산해 냈다.

바람의 왕이라 부르는 남해의 영웅들은 칠왕의 땅에서 소요되는 거의 모든 해산물을 공급했다.

그리고 이 물산들의 거래는 그 어떤 왕국에도 속하지 않은 상인들에게 맡겨졌다.

그래서 칠왕의 시대에 실질적으로 이 땅을 움직이는 사람들은 상인이었다.

태양의 사막 쿰에서 죽은 흑상 하사랍이 그토록 이 땅의 상권을 장악하길 원한 이유는 상권을 장악하는 자가 실질적으로 칠왕의 땅을 움직일 수 있기 때문이었던 것이다.

마을 서홀은 그런 상인들의 주요 경유지였다. 마을의 규모가 크지는 않지만 여곽과 주점 등이 충분히 들어서 있었고, 그들의 생활 역시 무척 풍족한 편이었다.

그래서 적풍 일행이 늦은 저녁 처음 상인과 여행자들을 위한 마을 서홀을 언덕 위에서 보았을 때, 마을은 여곽과 주점에서 밝힌 등불들로 화려한 빛을 내고 있었다.

"저깁니다."

언덕 위에서 소담한 불빛에 싸여 있는 마을을 가리키며 야르간이 말했다.

적풍은 초지를 밟고 서서 마을의 불빛을 응시했다. 그러다가 불쑥 물었다.

"사람 수는 얼마나 되오?"

"원주하는 자들의 숫자가 아이, 어른 합쳐서 이백여 명 되지요. 하지만 오가는 자들이 하루도 빠짐없이 찾아드니 평소에도 삼사백 명 정도는 항상 마을에 머물고 있다고 보는 게 좋습니다. 큰 성과는 비교할 수 없지만 그래도 초원에 세워진 마을치고는 적지 않은 규모입니다."

"촌장은 어떤 자요?"

적풍이 다시 물었다.

"허담이란 자입니다. 소심한 자라서 조심성이 많지요. 덕분에 자기 앞가림은 할 수 있지만 큰일을 할 사람은 아닙니다. 그스스로도 서홀의 촌장으로 만족하고 있는 사람이지요."

"친분이 있소?"

"안면이 있습니다. 저야 상인라 서홀을 자주 왕래하는 편이니까요. 급하게 구해야 하는 말과 물건들도 그와의 친분으로 가능한 것입니다."

"걱정할 일은 없겠구려."

"그렇습니다. 더군다나 서홀에서 불상사가 일어날 일은 없을 겁니다. 촌장 허담은 그릇이 작은 사람이기는 하나 서홀에서의 분란을 용납하지 않을 정도의 능력은 있으니까요. 다만 성주님 일행의 행적을 쫓는 자들이 있다면 분명 서홀에서 성주님의 행적을 확인할 겁니다. 그것까지 숨기지는 못합니다."

"그야 당연한 일 아니겠소. 이후의 일은 내가 알아서 할 테니 그대가 걱정할 필요는 없소. 갑시다."

적풍의 말에 야르간이 조금은 서운한 표정을 지어 보이고는 일행을 이끌고 언덕을 내려가기 시작했다.

마을 서훌의 집들은 독특했다. 여곽과 주점을 제외하면 거의 모든 집이 반쯤은 땅속에 파묻혀 있었다.

땅을 깊게 파고 집을 지은 이유는 분명했다. 초원으로부터 아침저녁으로 불어오는 매서운 바람을 막기 위함이었다.

그런 집들이 마치 진을 치듯 둥글게 원을 그리며 마을을 형성하고 있었다.

그 바깥쪽으로는 엉성하게나마 오랜 세월 조금씩 쌓았을 석담들이 둘러서 있었는데, 마을로 불어오는 바람을 차단하는 역할에 더해 위급할 때는 외부의 적을 막아내는 낮은 성벽 역할도 할 수 있는 돌담이었다.

여곽과 주루는 마을의 중심에 몰려 있었다. 여행자와 장사치들을 위한 마방이 마을 담장 외곽에 위치한 것을 빼면 여행자들은 마을 중심에서 필요한 모든 것을 얻을 수 있었다.

적풍 일행도 당연히 마을 중앙으로 들어갔다.

야르간은 망설임 없이 마을 중앙에 늘어선 여곽 중 한 곳으로 찾아 들어갔다.

야르간이 찾은 여곽은 마을에 보이는 다른 여곽들보다 조금 작아 보였지만, 보통의 오랜 세월을 견뎌온 건물이 공통으로 가지고 있는 고풍스러운 기운을 지니고 있었다.

사람의 손에 닳은 문과 여러 번 보수를 한 듯한 벽은 오히려 건물의 운치를 돋우었다.

일이 년으로는 만들어지기 어려운 소담한 정원은 크지는 않았지만 사람들의 눈길을 끌 만했고, 일하는 자들의 얼굴에도 여유와 자부심이 느껴지는 듯 보였다.

이미 이 여곽의 주인이 촌장 허담임을 알고 있는 적풍은 어쩌면 이곳의 촌장이 야르간의 말과 달리 조금은 특별한 사람일지도 모른다는 생각을 했다.

누군가 머무는 곳에서 그의 성품을 읽을 수 있다. 그런 면에서 보자면 이런 고풍스러운 여곽을 가진 사람이 소인배라고 생각하기는 힘들었다.

그러나 그런 적풍의 생각은 야르간의 소개로 촌장 허담을 만났을 때 일거에 깨졌다.

"안녕하시오. 먼 길을 오셨다고? 흐흠, 야르간 상주와 동행이시라니 내 믿고 말과 물건들을 준비해 주겠소."

말을 그렇게 하지만 촌장 허담의 눈빛에선 말과 물건 값을 떼먹히지 않을까 하는 의구심이 엿보였다.

이런 자는 선천적으로 타인을 잘 믿지 못하는 의심병을 타고난 사람이다. 보통 그런 사람을 소인배라 부르는데, 촌장 허담은 딱 그에 어울릴 듯한 사람이었다.

아마도 여곽의 고풍스러운 모습은 그의 선대에 만들어진 것일 게다.

"값은 먼저 치르겠소."

야르간은 촌장 허담이 적풍을 대하는 태도가 마음에 들지 않았는지 품속에서 금화 다섯 개를 꺼내 탁자 위에 내려놓았다.

"아! 상주께서 치르게 되어 있었소? 그렇다면 미리 받을 필요는 없는데……."

촌장 허담이 멋쩍은 표정을 지으면서도 탁자 위에 놓인 금화를 재빨리 품에 챙겨 넣었다.

"쉴 곳은 어디요?"

야르간이 물었다.

"매번 쉬던 곳을 비워놓았소. 갑시다."

일단 금화를 받자 촌장 허담이 시원시원하게 대답했다. 그리고 먼저 걸음을 옮겨 여곽의 뒤쪽으로 이어진 문을 열고 밖으로 나갔다.

적풍은 또 한 번 자신의 생각이 잘못되었을 수도 있다는 것을 깨달았다.

그들이 머물기로 한 여곽은 보통 여곽이 아니었다. 그리고 적풍은 촌장 허담이 왜 이 마을의 우두머리가 되었는지 깨달았다.

눈에 보이는 여곽 앞쪽의 모습은 숨겨진 여곽의 본모습에 비하면 삼분지 일도 되지 않았다.

여곽의 본 건물 뒤쪽에 작은 숲으로 가려진 다섯 채의 별채가 존재했다. 그 별채들은 여곽 본채의 수수한 모습과 달리 오래되긴 했지만 무척 고급스러운 모습을 하고 있었다. 분명 이 마을을 찾는 귀한 손님을 위해 준비해 놓은 별채가 분명했다.

"이곳과 저곳을 쓰면 어떻겠소?"

촌장 허담은 적풍 일행에게 두 개의 별채를 권했다. 인원이 열이 넘으니 두 채 정도가 필요하긴 했다.

"어떻습니까?"

야르간이 적풍에게 물었다.

"괜찮구려."

"그럼 이 두 채로 하지요. 그럽시다."

적풍에게 대답을 한 야르간이 촌장 허담에게 말했다. 그러자 허담이 미소를 지으며 말했다.

"그러지요. 그런데 식사 전이신지?"

이미 날은 한참 깊어 밤새가 울고 있었다.

"요기할 것을 좀 가져다주시오."

야르간이 말했다.

"알겠소. 내 급히 준비하리다. 그럼."

촌장 허담이 급히 여곽의 본채로 걸어갔다.

"저 사람이 정말 이 마을의 촌장이오?"

여곽 본채로 들어가는 허담을 보며 이위령이 못 미더운 표정으로 물었다.

"그렇소."

"좀 가벼워 보이는데……."

이위령이 고개를 갸웃하며 중얼거렸다.

"그렇지만 잔꾀가 있는 사람이오. 위험을 회피할 줄도 알고 그 위험 속에서 재물을 얻어낼 줄도 아는 자요. 이 마을이 오랜 세월 버텨온 것만으로도 알 수 있지 않소? 더군다나 그는 이 땅에서 제법 발이 넓은 인물이오. 이 마을에 들르는 중요한 인물들은 반드시 자신이 대접을 한다오. 다른 여곽을 찾은 사람들조차도 중요한 인물이면 여곽 주인들이 그에게 데려오곤 하오."

"마을을 완벽하게 장악했구려."

"그렇소. 그래서 조심해야 하는 자이기도 하오. 음흉한 자이니까."

"소인배들이란 본래 그렇지."

이위령이 고개를 끄떡였다.

"들어가시지요."

야르간이 적풍에게 권했다.

"그럽시다."

적풍이 대답을 하고 건물 안쪽으로 발을 들였다.

탁!

탁자에 금화 다섯 개가 놓였다. 그러자 촌장 허담이 잠시 망설이다가 금화를 손에 쓸어 넣었다.

"이제 말해보시오. 그중에 그가 있었소?"

금화를 건넨 검은 옷을 입은 사내가 물었다.

"비슷한 자가 있기는 한 것 같은데⋯ 얼굴을 확인하지는 못했소. 모자로 얼굴을 가리고 있어서……."

"확인해 주시오."

검은 옷의 사내가 단호하게 요구했다.

"설마 나더러 손님으로 온 사람의 모자를 벗기고 그 얼굴을 확인하란 거요?"

"설마 방에서도 얼굴을 가리겠소?"

"만약 그렇다면?"

"어떻게든 확인해 주면 그 대가를 치르겠소."

"얼마나……?"

촌장 허담이 소심하면서도 능글맞게 물었다. 그러자 사내가 다시 금화 다섯 개를 내놓았다. 그러면서 무겁게 말했다.

"단지 누군가의 얼굴을 확인하는 대가로 금화 열 툭이오. 이 정도면 칠왕의 얼굴이라도 확인할 수 있지 않겠소?"

사내의 말에 허담이 침을 꿀꺽 삼켰다.

세상에 알려진 것보다 더 노련하고 약삭빠른 허담이다. 비록 칠왕의 완충지대라고는 하나 누구에게도 의지하지 않고 마을 서흘을 지켜나가는 것은 결코 쉬운 일이 아니었다.

하지만 그런 그조차도 금화 열 툭은 쉽게 포기할 수 없는 금액이었다.

"좋소, 어쨌거나 난 그의 얼굴만 확인하는 거요?"

허담이 확인하듯 물었다.

"물론 그것으로 족하오."

"그런데 대체 그가 누구요?"

허담이 물었다.

그러자 사내가 싸늘한 목소리로 대답했다.

"모르는 게 좋을 거요. 당신 하나의 목숨이 아니라 서흘에 사는 모든 자의 목숨이 위태로울 수도 있으니까."

"후우, 그렇다면 말하지 마시오. 제길, 야르간 그자가 아주 위험한 자들을 데려왔군."

"맞소. 그들은 아주 위험한 자들이오."

사내가 다시 한 번 주의를 주듯 말했다.

"대신 한 가지 약속을 해주시오."

허담이 사내를 보며 말했다. 이번만큼은 다른 때와 달리 무척 진지해서 사내도 허담의 말을 무시할 수 없었다.

"말해보시오."

"무슨 일을 벌이든 절대 이 마을에선 안 되오!"

허담이 단호하게 말했다. 자신의 요구를 받아들이지 않으면 당장에라도 마을 사람들을 불러 모아 사내를 공격할 태세이다.

"물론 나도 이 마을의 규칙을 알고 있소. 그걸 깰 생각도 없고 말이오. 절대 이 마을에서 일을 벌이는 일은 없을 거요."

"좋소, 그럼 거래는 성립됐소!"

허담이 사내가 더 내놓은 금화를 얼른 챙겨 들고 자리에서 일어났다. 그러고는 큰 소리로 외치며 밖으로 나갔다.

"손님들께 내갈 음식은 준비되었느냐?"

허담이 나가자 사내의 동료들이 사내에게 물었다.

"정말 그분이라면 어떡할 거요?"

그러자 허담에게 금화를 건넨 자가 말했다.

"우린 명대로 따를 뿐이오. 그 결정은 우리가 아니라 대주님들의 몫이오."

사내가 차갑게 말했다.

여곽의 주인이자 마을 서홀의 촌장인 허담이 일하는 사람들에게 음식을 들려 적풍이 머물고 있는 별채를 찾았다.

그러고는 자연스럽게 음식을 들이며 별채 안으로 들어왔다.

"숙소는 어떠신지?"

별채 안으로 들어온 허담이 조심스럽게 적풍에게 물었다.

"좋소. 음식을 놓고 나가 보시오."

적풍이 차갑게 말했다. 그러자 허담이 고개를 숙이며 대답했다.

"알겠습니다. 음식을 내려놓아라."

허담의 명에 일꾼들이 부지런히 탁자 위에 음식을 내려놓았다.

십자성의 고수들을 오랜만에 보는 진수성찬에 입맛을 다시며 식탁에 놓이는 음식에 정신이 팔려 있었다.

그러자 허담이 얼른 은쟁반 하나를 가져오더니 은쟁반에 놓인 물수건을 십자성의 고수들에게 직접 나눠 주기 시작했다.

"식사 전에 먼지라도 닦으시오. 듣자 하니 초원을 제법 오래 걸으셨다는데……."

허담의 말에 십자성 고수들이 저마다 하나씩의 물수건을 받아 들고 손과 얼굴을 닦았다.

그 순간 허담의 눈초리가 날카롭게 빛났다. 그에게서 물수건을 받은 인물 중 흰옷을 입고 코 위까지 늘어진 두건으로 얼굴을 가린 노인이 두건을 벗고 얼굴을 닦는 바로 그 순간이었다.

"자자, 이제 모두 밖으로 나가라. 손님들께서 편히 식사를 하셔야 하니."

찰나의 순간 노인이 얼굴을 확인한 허담이 서둘러 일꾼들을 별채 밖으로 내몰았다. 그리고 그 자신도 문을 떠나며 공손하게 고개를 숙여 보였다.

"그럼 맛있게들 드시오."

"고맙소이다!"

허담의 인사에 이위령이 걸걸한 목소리로 대답했다.

문밖으로 나온 허담이 급히 걸음을 옮기다가 별채에서 멀어지자 갑자기 걸음을 멈췄다.

"그들이 찾는 자가 분명하군. 그런데 대체 누굴까? 보통 인물은 아닌 것 같은데… 조심해야겠어. 예감이 좋지 않아. 최근 들어 마을을 감시하는 자들도 있는 것 같고."

촌장 허담이 고개를 돌려 문이 닫힌 별채를 힐끗 바라봤다.

제8장
마령의 계곡

두두두!

어둠을 뚫고 세 필의 말이 여행자의 마을 서홀을 벗어났다. 한밤중의 말굽 소리가 사람들의 관심을 끌 만도 했지만, 서홀에 사는 사람 중 누구도 말을 달리는 자들에게 큰 관심을 두지 않았다.

서홀은 여행자와 상인들을 위한 마을이라 이렇게 밤늦게 급히 길을 떠나는 자들이 흔히 있기 때문이다.

세 필의 말은 바람처럼 서홀의 북쪽 입구를 빠져나와 마을 북쪽에 위치한 낮고 황량한 바위산으로 향했다.

물결치듯 자라나 이제는 한해살이를 마감하고 누렇게 누워 있는 초지 위에 엎드린 듯한 바위산은 산이라고 부르기 민망하게도 그렇게 높은 산은 아니었다.

그러나 초원 위에 서 있기 때문에 산은 자신의 본래 모습보다 크고 무척 높게 보였다.

두두두!

세 필의 말은 위태롭게 보이는 산을 거침없이 올랐다. 바위와 바위 사이로 난 구불거리는 산길도 말을 탄 자들에게는 큰 방해가 되지 않았다.

그렇게 말을 달린 자들이 어느 순간 산 중턱에 있는 제법 너른 공터에 이르러 말을 멈췄다.

그러자 그들 앞에 검은 전포를 입은 자들이 유령처럼 나타났다.

말을 타고 온 삼 인이 급히 말에서 내려 어둠 속에서 나타난 자들에게 고개를 숙여보였다.

"어찌 되었느냐?"

어둠 속에서 나타난 자들 중 온몸을 갑주로 감싼 듯한 사내가 물었다.

"확인했습니다. 그분이 맞습니다."

"음!"

질문을 한 사내가 입을 굳게 다물며 신음을 흘렸다. 그러자 그의 옆에 있던 호리호리한 자가 다시 물었다.

"정확히 확인했느냐?"

"서흘의 촌장이 분명히 확인했습니다."

"허담 그자의 눈이라면 믿을 수 있지. 후우! 자, 이제 어떡하겠소?"

두 번째 질문을 한 자가 처음 입을 연 자를 보며 물었다.

그러자 잠시 생각에 잠겨 있던 사내가 말했다.

"어려운 일이기는 하나 우린 명대로 따를 뿐이오. 그대들은 어떻소?"

사내가 시선을 준 사람들은 그에게 질문을 한 자와 그 옆에서 어둠에 동화된 듯 서 있는 여인이었다.

여인은 가벼운 갑주를 걸치고 있었는데, 눈빛이 죽은 자처럼 차가워서 보는 사람으로 하여금 소름이 돋게 만들었다. 하지만 그 눈빛만 아니라면 그리 거부감 드는 얼굴은 아니었다.

"어쩔 수 없는 일 아니겠소?"

여인이 대답했다. 처음으로 입을 연 여인의 목소리는 여인이라기에는 지나치게 탁했다. 그 탁한 음성으로 인해 자세히 보지 않으면 그녀가 여인이라는 사실조차 눈치채지 못할 듯했다.

"음, 나중에 이 일이 알려지면 우린 무척 곤란한 상황에 처하게 될 것이오."

두 번째 질문을 한 사내가 신중하게 말했다.

"그래서 빠지시겠소?"

첫 번째 사내가 물었다.

"후우, 그런들 어찌 물러나겠소. 나 역시 이황자님의 명을 받은 몸인데."

"좋소, 그럼 일의 결정에 대해선 더 이상 거론할 필요가 없겠소. 방법이 문제요. 어디서 그분을 막겠소?"

"서홀에서는 안 될 것이고……."

두 번째 사내가 중얼거렸다.

"허담 그자는 교활한 자요. 그곳에서 일을 벌였다가는 어떤 식으로든 우리 일을 방해할 거요."

"그럼 일단 그 일행의 움직임을 본 후 장소를 정합시다."

여인이 말했다. 그러자 두 사내가 고개를 끄떡였다.

"그게 좋겠구려. 그리고 이제부턴 우리가 직접 나섭시다. 그 분임이 확인된 이상 우리가 나서지 않는 것은 검은 사자에 대한 예의가 아니오."

"그럽시다."

두 번째 사내도 동의했다.

"나도 동의하오."

여인도 대답했다.

"좋소, 그럼 모두 갑시다."

사내가 말을 하고는 가볍게 손을 들었다. 그러자 어둠 속에서 검은 그림자 수십이 불쑥불쑥 튀어나왔다.

사내가 나직하게 명했다.

"상대 중 한 명은 아바르의 전설, 검은 사자의 일인, 단우하다! 최선을 다해 상대하여 예를 지킨다! 절대 방심하지 마라! 가자!"

사내의 말이 끝나자 검은 그림자들이 대답도 없이 산을 내려가기 시작했다.

　　　　*　　　　　*　　　　　*

　"카르!"

　흑상 귀모라가 적풍 일행을 쫓아 긴 여행을 해온 구트족의 카르 모독을 보며 입을 열었다. 그녀는 오손의 영역을 벗어난 이후 줄곧 모독을 떠나 움직이다가 오늘 상인들의 마을 서홀 인근에서 모독을 만나고 있었다.

　"어서 오라. 확인했느냐?"

　모독이 느릿한 명계의 말로 물었다.

　"그렇습니다."

　"어디에 있느냐?"

　"예상대로 서홀에 들었습니다."

　"역시 그렇군. 타림의 교활한 장사꾼들이 비도를 만들어 오손의 호수를 통과한다 해도 결국 나올 곳은 그곳밖에 없지. 아이의 존재는?"

　"역시 확인했습니다."

　"정확한 것이겠지?"

　모독이 확인하듯 다시 물었다.

　"서홀에서 직접 확인한 것입니다. 촌장 허담과 인연이 있는 상인을 통했으니 확실할 겁니다."

　"좋아, 그들이 강을 건너기 전에 잡을 수 있겠군."

　모독이 만족한 듯한 표정을 지었다.

　"그런데……."

모독의 심기를 거스르기 꺼려진다는 듯 귀모라가 조심스러워했다.

"말하라."

"방해꾼이 있을지도 모르겠습니다."

"오손의 전사들도 추격 중인가?"

"그렇습니다. 그런데 그들만이 아닌 듯합니다."

"또 다른 자들이 있다?"

"그렇습니다. 서홀에서 그들 일행의 정체를 확인하려는 자들이 있었답니다. 촌장 허담의 말로는… 아무래도 아바르에서 사람들이 나온 것 같답니다."

귀모라가 다시 말을 멈췄다.

"아바르라……. 일이 복잡해지는군. 계속하라."

"아바르에서 나온 자들이 서홀의 촌장 허담에게 한 노인의 얼굴을 확인하라고 했답니다. 그 노인은 불의 검을 쓰는 자들 일행에 포함되어 있다고 합니다."

"그래? 불의 검을 쓰는 자에게 관심이 있는 게 아니라 감춰진 노인에게 관심이 있다고?"

"그런 듯합니다."

"재미있군. 대체 그가 누굴까? 서홀의 촌장도 모르는 자라 하더냐?"

"그렇습니다."

"음, 생각보다 큰 사냥감이었나?"

"애초에 불의 검을 가진 자가 속해 있는 무리이니… 오손과 아바르의 전사들 말고도 은밀히 그들을 추격하는 자들이 여럿 있다고 합니다."

"그렇겠지. 그 대단한 칠왕의 신검 중 하나인 불의 검이 아닌가. 하지만 나쁜 일만은 아니야. 이번에 칠왕의 신검들을 시험해 보는 것도 손해는 아니지. 지금부터는 놈들의 행보를 잠시도 놓치지 마라. 기회가 오면 놈들을 제압하고 아이를 데려올 것이다. 물론 불의 검은 덤으로 얻게 되겠지. 어쩌면 이 일이 시작이 될지도 모르겠구나. 칠왕의 전설이 무너지는."

구트족의 카르 모독이 눈을 감으며 중얼거렸다.

*　　　　　*　　　　　*

쪼르릉, 쪼르릉!

맑은 새소리에 적풍이 눈을 떴다. 눈부신 햇살이 창을 통해 들어왔다. 적풍이 손을 옆으로 돌렸다. 그러나 설루는 이미 침상을 빠져나간 후였다.

"늦잠을 잤나?"

적풍이 몸을 바로 눕혀 천장에 시선을 맞춘 후 중얼거렸다. 긴 여행 끝에 자신도 모르게 쌓인 피로가 한밤 편안한 잠자리로 모두 풀어진 것 같았다.

적풍이 훌쩍 자리를 털고 일어났다. 그러고는 어깨를 한쪽씩 돌려 몸을 풀었다.

"좋군!"

적풍이 몸 상태에 만족감을 드러냈다. 그리고 버릇처럼 세 자루의 검을 착용하고 문을 연 후 밝은 태양 속으로 나갔다.

"하하!"

적풍이 별채의 문을 열고 나갔을 때 그의 귀와 눈이 한순간 크게 열렸다.

설루가 적사몽과 함께 별채 한쪽으로 이어진 여곽의 정원에 서 있었다. 햇살 속에 서 있는 두 모자의 모습을 보자 적풍은 갑자기 전의(戰意)가 끓어올랐다.

물론 그 대상은 두 사람이 아니었다. 두 사람을 향한 세상 모든 위협으로부터 그들을 지켜주고 싶다는 욕망, 그 욕망이 미지의 적에 대한 전의를 불쑥 솟구치게 만들었던 것이다.

"흣! 이놈의 피란……."

적풍이 고개를 저으며 실소를 흘렸다. 아무 때나 솟구쳐 오르는 이 전의는 신혈의 피에 기인하는 것이다.

다른 사람을 향한 적의뿐이 아니라 누군가를 지켜야 한다는 생각에서조차 전의가 솟아오르는 신혈의 피에 그 자신도 허탈한 웃음이 나올 정도였다.

"일어났어요?"

설루의 목소리가 들리자 솟구쳐 올랐던 전의가 한순간에 사라졌다.

"역시 설루뿐이야."

적풍이 중얼거리며 두 사람이 있는 곳으로 걸음을 옮겼다. 오직 설루만이 적풍의 이 참을 수 없는 전의를 통제할 수 있었다.

어쩌면 그래서 그가 설루에게 더 집착하는지 모른다. 전의라는 것은 적에게만 위협적인 것이 아니라 그 자신에게도 불안한 삶을 강요하기 때문이다.

　"편히 주무셨어요?"

　적풍이 다가오자 적사몽이 적풍을 보며 물었다

　"그래, 너도 잘 잤느냐?"

　"네, 오랜만에 푹 잤어요."

　"다행이구나. 그런데 뭘 하고 있었지?"

　적풍이 물었다.

　"어머니께 약초에 대해 배우고 있었어요."

　"의술을 가르치려고?"

　적풍이 설루에게 물었다.

　"당신보다 똑똑하니까."

　설루가 장난스럽게 대답했다.

　"그런데 이곳 약초들은 좀 다르지 않나?"

　"다른 것도 있고 같은 것도 있어. 이상하지? 나누어진 두 세계가 닮은 게 무척 많아."

　"음, 그래도 약초를 쓰는 일은 신중해야 할 것 같은데?"

　"걱정 마. 그건 의원의 기본이니까. 그리고 타르두 노인이 많은 도움이 돼."

　"타르두 노인?"

　"응, 약초에 대해 해박한 지식을 가지고 있더라고. 그래서 이것저것 살펴봐서 대충 이 땅에서 쓰이는 약초들에 대해선 알게 되었지."

"어느새 그런 걸 알아본 거지?"

"배 안에서 뭘 했겠어? 다행히 타르두 노인이나 파묵에게 기본적으로 쓰이는 말린 약초들이 있더라고. 그래서 지금 정원에서 그것들의 살아 있는 모습을 확인하고 있어."

"그랬군. 그렇다면 큰 도움이 되겠지."

"나중에 정령의 왕이 있다는 곳에 가보고 싶어."

"거긴 왜?"

"그곳이야말로 의원들이 천국인 것 같아. 신비한 약초가 많대. 더군다나 칠왕의 땅에서 소비되는 약초의 칠 할이 거기서 나온다던데?"

"재미있는 곳이긴 하지만 위험한 곳이기도 해."

"기회가 되면 그곳에서 얼마간 머물며 이곳의 약초를 연구하고 싶어. 어쩌면 천의비문에서 얻지 못한 많은 병에 대한 약을 만들 수도 있을 거야."

"그 땅은 외인을 받아들이지 않는다던데?"

적풍이 되물었다.

"당신이 머물 수 있게 해줄 거잖아?"

설루가 천연덕스럽게 대답했다.

"후우, 할 일이 자꾸 늘어나는군. 어쨌든 노력은 해보지."

적풍이 대답하자 적사몽이 킬킬거리며 웃음을 터뜨렸다.

"사몽, 왜 웃지?"

"아버지는 어머니께 전혀 힘을 쓰지 못하는 것 같아서요. 다른 사람에겐 정말 무서운 분인데요."

"그건 내가 네 아버지보다 더 무섭기 때문이지."

"정말 그런가요?"

적사몽이 적풍에게 물었다.

"맞는 말이다. 본래 여자의 독심이 세상에서 제일 무서운 법이다. 그러니 너도 조심하거라."

"하하, 알았어요."

적사몽이 다시 웃음을 터뜨렸다. 그 모습을 보고 있던 적풍이 정색을 하며 설루에게 물었다.

"그런데 비문의 비약은 얼마나 있지? 이곳에서 몇 가지 약재를 구해가야 하나?"

"극독에 쓰이는 비상약 정도만 남았어. 처음 도착했을 때 세 아이를 치료하느라 절반 정도 소비했고, 몇 번의 싸움에서 입은 크고 작은 부상을 치료하는 데 또 쓰고 해서. 역시 이곳에서 약재를 구해 가는 것이 좋겠어."

"알았어. 야르간에게 부탁해 보지."

적풍이 고개를 끄떡였다.

"오늘 바로 떠날 거지?"

설루가 물었다.

"그래야지. 며칠 쉬어가고 싶은 곳이긴 하지만 한곳에 오래 머물 수는 없어. 오손의 추격자들도 지금쯤은 우리의 행로를 알았을 거야."

"그들이 정말 추격자를 보냈을까?"

"반드시 보냈을 거야. 어떤 제왕도 자신이 모욕당한 것을 두고 보지는 않아. 빚을 갚지 않으면 힘이 약해졌다고 느끼게 되고, 그렇게 되면 권력은 하루아침에 무너질 수도 있으니까. 오손이 왕이 그 이치를 모를 리 없어."

적풍의 말에 설루가 고개를 끄떡였다.

"하긴 그게 권력이 생리지. 아무튼 그럼 하루빨리 아바르로 들어가야겠어."

"그게 최선이지."

적풍이 대답했다.

"앞으로… 지금보다 더 어렵겠지?"

설루가 걱정스럽게 물었다.

"좀 복잡해지겠지만 너무 걱정 마. 당신과 사몽은 내가 지킬 테니까. 어떤 일이 있어도."

"물론 그래야지. 내 낭군인데!"

설루가 당연하다는 듯이 대답했다.

적풍 일행은 두 채의 별채 사이의 정원에 아침상을 차리고 느긋하게 식사를 했다. 그들은 마치 전장에 나가기 전 마지막 만찬을 즐기는 사람들처럼 웃고 떠들며 식사를 했다.

촌장 허담은 아랫사람들을 동원해 그런 적풍 일행의 수발을 꼼꼼하게 들었다. 산해진미까지는 아니더라도 보기 드문 음식들이 차려졌고, 칠왕의 땅에서 나는 향기로운 술도 음식의 맛을 돋웠다.

그 평화로운 아침 식사가 끝나고 나자 십자성의 고수들은 다시 신혈의 피를 지닌 전사로 돌아갔다.

촌장 허담이 준비한 말은 모두 스무 필. 서너 필의 말에는 여행에 소용될 짐을 싣고 나머지 말엔 십자성의 고수들이 하나씩 올라탔다.

그리고 일행은 늦은 아침 햇살을 받으며 상인들의 마을 서홀을 벗어났다.

"그만 돌아가 보시오."

마을 서홀이 내려다보이는 초원의 언덕 위에 올라서자 적풍이 배웅 나온 야르간에게 말했다.

"이젠 어쩔 수 없이 돌아가긴 해야겠습니다."

야르간이 서운한 표정으로 말했다.

"그동안 고마웠소."

"고맙긴요. 은혜로 보자면 저희들이 더 많이 받았지요. 칼훈의 도적들을 물리쳐 주시고 오손의 전사들까지 상대해 주셨으니 어찌 그 은혜를 잊겠습니까?"

야르간이 공손하게 대답했다.

"타림성으로 가시오?"

"그렇습니다. 성주님을 뵙고 그간의 사정을 말씀드려야지요."

"먼 길이 되겠구려."

"그래도 아바르 강 서안으로 여행하는 것은 그리 위험한 일이 아니지요. 그런데……."

야르간이 무슨 말인가를 입속에 넣고 망설였다.

"말해보시오."

"이제야 여쭙니다. 대체 성주께선 누구십니까? 무슨 일로 아바르에 가시는 것인지……?"

야르간의 내내 그 점을 궁금해했다. 그러나 십자성의 무사 누구도 적풍의 진실한 정체에 대해선 야르간에게 말해주지 않았다.

적풍이 잠시 생각에 잠겼다가 고개를 저었다.

"아무래도 지금은 때가 아닌 것 같소. 아마도 머지않은 때에 풍문으로 듣게 될 것이오."

"아쉽군요. 성주님의 진면목을 풍문으로 들어야 하다니……."

"그댈 신뢰하지 않는 건 아니오. 단지 그대가 위험해질 수도 있기 때문에 하는 말이오."

"알겠습니다. 더 욕심 부리지 않지요. 그나저나 이걸 가져가십시오."

야르간이 품속에서 청동으로 만들어진 손바닥 반 크기의 신패를 건넸다.

"이게 무엇이오?"

"타림성의 삼 대 상주를 나타내는 제 신패입니다."

"이걸 왜 나에게 주는 것이오?"

"아시겠지만 아바르에도 우리 타림성의 상인들이 많습니다. 만약의 경우 그들의 도움이 필요하시면 그땐 이 신패를 보여주십시오. 그럼 그들은 절 대하듯 성주님을 대할 것입니다. 아마도 필요한 모든 것, 혹은 알고 싶은 모든 정보를 얻으실 수 있을 겁니다."

야르간의 말투에서 신패에 대한 자부심이 느껴졌다.

"이런 걸 내게 줘도 되오?"

적풍이 물었다.

그러자 야르간이 미소를 지으며 말했다.

"그저 미래를 위한 투자라고 해두지요."

"투자?"

"제가 보기에 성주께선 앞으로 이 땅에서 큰 성취를 이루실 것 같습니다. 그때를 위한 투자 정도로 생각해 주십시오."

"후후, 언제든 상인이란 뜻이구려?"

"그렇습니다."

"그렇다면 부담 갖지 않겠소."

적풍이 순순히 야르간이 건넨 신패를 품에 넣었다. 그러자 야르간이 말 위에서 적풍을 향해 정중하게 고개를 숙였다.

"성주, 그럼 전 이만 물러가겠습니다. 부디 큰 성취를 이루시길."

"그대도 타림성까지 평안히 가시오."

적풍이 대답했다.

그러자 야르간이 십자성의 고수들을 둘러보며 큰 소리로 작별을 고했다.

"그동안의 도움에 감사드리오! 모두들 무운을 빌겠소! 나 야르간은 언제나 여러분의 친구임을 약속드리겠소!"

"잘 가시오, 상주!"

"건강하시구려! 재물도 많이 쌓으시고!"

십자성의 고수들이 저마다 야르간에게 인사를 건넸다. 그러자 야르간이 다시 한 번 고개를 숙여 보이고는 말을 몰아 상인들의 마을 서홀을 향해 언덕을 달려 내려갔다.

두두두!

야르간이 탄 말이 일으키는 소리가 요란하게 일어나더니 이내 사람들의 귀에서 멀어졌다. 대신 초원 사이로 난 길을 따라 뿌연 먼지가 일어났다.

그렇게 야르간이 떠나자 적풍이 말머리를 돌리며 말했다.

"출발한다!"

적풍의 명에 십자성의 고수들이 일제히 말머리를 돌려 야르간이 달려 내려간 방향과 정반대의 방향, 아바르 강이 있는 방향으로 말을 몰기 시작했다.

*　　　　　*　　　　　*

평탄한 초원은 머지않아 끝이 났다. 그렇다고 하늘을 가리는 높은 산이나 거대한 강이 나타난 것은 아니었다.

대신 고대에는 급류가 흘렀음직한 마른 계곡들이 일행 앞에 나타났다. 계곡 위쪽으로는 여전히 초원이었지만 계곡 안쪽의 풍경은 황량하기 그지없었다.

물 없는 계곡은 아름답지도, 위험하지도 않았다. 대신 을씨년스러운 그늘이 사람들이 발길 들이는 것을 망설이게 만들었다.

"이 계곡으로 들어가야 한단 말이오?"

감문이 타르두에게 물었다.

"그게 가장 빠르고 안전한 길이오."

타르두가 대답했다.

"하지만… 이거 사람이 여러 날 갈 수 있는 길은 아닌 것 같은데……."

"물론 하루 중 해를 볼 수 있는 시간이 삼사 차간에 지나지 않으니 여러모로 불편할 것이오. 오래전에 물이 말랐다고 해도 계곡인지라 습기가 많기도 하오. 그러나 사람들의 이목을 피할 수 있으니 그 모든 단점을 상쇄할 수 있다고 생각하오. 계곡을 벗어나면 그리 높지 않은 야산을 만나게 될 텐데, 그 산을 넘으면 바로 아바르의 강이오."

"음, 성주, 어찌할까요?"

감문이 적풍을 바라봤다. 그러자 적풍이 타르두에게 물었다.

"그대의 길이오, 아니면 타림의 상인들이 준 지도에 나온 길이오?"

"타림의 지도에도 나와 있고 제가 알고 있는 길이기도 합니다. 사람들은 마령의 계곡이라 해서 다니기를 꺼리지만 십자성의 고수 분들이라면 능히 지나갈 수 있는 곳입니다."

"마령의 길? 왜 그런 이름이 붙은 겁니까?"

와한이 물었다.

"소리 때문이오. 계곡을 관통하며 부는 바람으로 인해 혼령들이 우는 듯한 소리가 일어난다오. 그 소리를 여행자들은 두려워하지만 사실은 전혀 위협이 되지 않은 소리이오. 단지 앞서 말했듯이 길이 험하고 습기가 많아 여행하기 불편하긴 하오."

타르두가 대답했다.

"쉴 곳은 있겠소?"

다시 적풍이 물었다.

"물론입니다. 쉴 곳이 없는 길로 성주님을 안내할 수는 없지요."

타르두가 자신 있게 대답했다. 그러자 적풍이 고개를 돌려 그들이 지난 삼 일간 지나온 초원을 바라봤다. 추격이 있을 것을 경계하는 듯 보이기도 했다.

"아직 추격자들을 발견하지는 못했습니다만……."

이위령이 조심스레 말했다.

"누군가 우리를 주시하고 있다면 이 계곡이 오히려 위험할 수도 있어. 그리고 반드시 추격자가 있을 것인데… 눈에 보이지 않는다는 것은 그만큼 신중하고 뛰어난 능력을 지닌 자들이란 뜻이겠고."

적풍이 중얼거렸다.

"그럼 계곡 위 초원으로 가시지요. 어차피 적의 눈을 피할 수 없다면 그게 좋지 않겠습니까?"

소두괴가 말했다. 그러자 적풍이 잠시 생각에 잠겼다가 고개를 저으며 말했다.

"아니, 계곡 아래로 간다."

"…이유가 무엇입니까?"

소두괴가 이해가 되지 않는다는 표정으로 물었다.

"계곡이 여행하기 불편한 지형인 것은 맞다. 위험할 수도 있지. 공격을 당하면 퇴로가 앞뒤 두 군데뿐이니까. 하지만 누가 누굴 공격할지 아직 정해진 것은 아니지 않는가?"

적풍의 말에 소두괴가 놀란 눈으로 적풍을 보며 되물었다.

"설마 계곡 안에서 추격자들을 기다리시려는 겁니까? 함정을 파고요?"

"함정치고는 좋은 함정이지. 물지 않을 수 없는 미끼니까."

적풍이 덤덤한 표정으로 대답했다.

"굳이 그럴 필요까지 있을까요?"

단우하가 불편한 표정으로 물었다.

추격자들을 따돌릴 수 있다면 최대한 빠르게 계곡을 통과하는 것이 좋다고 생각하는 단우하였다. 그는 하루라도 빨리 적풍이 아바르로 들어가 무황 적황과 만나기를 바라고 있었다.

그러나 적풍은 단우하와 생각이 달랐다.

"추격을 막기 위해 싸우려는 것이 아니오."

"허면······?"

"오손과의 싸움으로 불의 검에 대한 소문이 이 땅에 퍼졌을 거요."

"맞습니다."

"그러니 이제부터 날 찾아오는 자들은 하나같이 강한 자들일 거요. 한낱 도적떼가 불의 검의 주인을 찾진 않을 테니까. 그리고 서홀을 지나면서 단 노사 그대의 정체가 드러났을 가능성이 크오."

"제 정체가요?"

단우하가 의아한 표정으로 되물었다. 그럴 수밖에 없는 것이 그는 상인들의 마을 서홀에서도 자신의 정체를 드러내지 않기 위해 노력했기 때문이다.

"서홀의 촌장 허담이란 자가 그대의 얼굴을 살피더구려. 첫 날 저녁 음식을 가져왔을 때."

"그자가요?"

단우하가 미처 몰랐다는 듯이 되물었다.

"그대의 얼굴을 알아보는 눈치였소. 야르간에게 들으니 그는 여곽을 운영하는 것 말고도 서홀에 들른 자들의 정보를 팔아서도 이득을 본다고 하더구려. 그렇다면 우릴 추격하는 자들이 그에게서 정보를 얻을 것은 당연한 일 아니겠소?"

"서홀의 촌장 허담이 제 얼굴을 알고 있을 리가 없습니다. 난 그와 만난 적이 없으니."

"그러나 내가 보기엔 분명 당신을 아는 눈치였소."

적풍이 단정적으로 말했다.

"음, 그렇다면 왜 그 자리에서 그를 추궁하지 않으셨습니까? 그랬다면 어떻게 제 얼굴을 알아봤는지 알았을 텐데요?"

단우하가 의아한 표정으로 물었다.

"서홀은 싸우기 적당한 곳이 아니오. 더군다나 그 촌장이 추궁당한다는 것을 알면 마을 사람들이 가만히 있겠소? 그대도 느꼈겠지만 서홀은 결코 평범한 마을이 아니었소. 그렇다고 두려운 것은 아니지만 우리에게 필요한 것은 조용한 여행이니까.

물론 허담이 정보를 판 자들의 정체는 이곳에서 기다리다 보면 알 수 있을 것이고 말이오."

"제 정체를 알고도 추격하는 자들이라면… 만나볼 가치는 있지요."

단우하가 고개를 끄떡였다.

"만약 그게 아바르의 사람들이라면 어쩌겠소? 아바르의 수뇌부들은 불의 검이 명계에 있어야 한다는 것을 알고 있을 것 아니오? 그런데 그 불의 검이 이 땅에 나타났으면 당연히 그대가 교벽을 열고 날 데려왔다는 것을 짐작할 거요."

"음, 그렇다면… 세 분의 황자, 황녀님이나 삼후가 움직일 수도 있겠지요."

단우하가 어두운 표정으로 말했다.

"그래서 추격자들을 만나보려는 거요. 물론 다른 자들일 수도 있지만 아바르에서 온 자들이라면 만나야 할 필요가 있지 않겠소?"

"그렇긴 하지요."

단우하가 고개를 끄떡였다.

"예상대로 아바르의 누군가가 사람을 보냈다면 내 존재를 알고 있는 자들이 보냈다고 봐도 되겠소?"

적풍이 단우하에게 물었다.

"그렇게 판단해야지요. 제가 소공자를 모시러 갔다는 것은 지금쯤 더 이상 비밀이 아닐 수 있습니다."

단우하가 고개를 끄떡였다.

"좋소, 그럼 일은 명확해지는군. 이곳에 온 자들이 날 어떻게 대하는지 보면 아바르의 야심가들이 내게 어떤 생각을 가지고 있는지 알 수 있을 테니까. 후후, 나쁘지 않은 일이지. 상대의 마음을 알고 아바르로 들어간다는 것이."

"……."

적풍의 말에 단우하는 아무런 대답도 하지 않았다. 그러자 곁에서 두 사람의 대화를 듣고 있던 소두괴가 물었다.

"만약 그자들이 살수를 쓰면 어떡합니까?"

"그렇다면 당연히 그 대가를 치러줘야지. 십자성의 법칙은 어디서나 동일하다. 우릴 죽이려는 자가 있다면 우리가 먼저 죽인다. 모두 알겠나?"

"예, 성주!"

십자성의 고수들이 일제히 대답했다.

"그대도 내 결정에 반대하지 않으리라 생각하오."

적풍이 단우하에게 말했다.

"그들을 죽이게 된다면… 아바르에서의 싸움은 피할 수 없을 것입니다."

"무슨 소릴 하는 거요? 누군가 살수를 보냈다면 싸움은 이미 시작된 거요. 아바르가 아니라 바로 여기서부터. 그리고 싸움에 관한 한 난 그대에게 조언을 들을 생각이 없소."

"소공자!"

"언젠가 말했듯이 그대는 무황의 사람, 그 양반은 자신이 원하는 것을 얻기 위해서라면 누구든 포기할 수 있는 사람이지.

그런 양반의 심복에게 조언을 받는 것이 얼마나 위험한지 그대도 알 것 아니오?"

"그러나 전 절대 소공자를 위험에 빠뜨리지 않을 겁니다."

단우하가 말했다.

"난 도박을 하지 않소. 그러니 이제부터의 행보는 내가 결정하오."

"하아! 일단 알겠습니다. 하지만 아바르에 도착하면 반드시제 도움을 받으셔야 합니다. 아바르는… 지금의 아바르는 소공자께 너무 위험한 곳입니다."

"세상일은 생각하기 나름이오. 내가 위험할지 그들이 위험할지 두고 봅시다. 아무튼 모두 계곡으로 길을 잡는다. 그리고 적당한 곳에서 손님들을 기다린다."

"예, 성주!"

"이제부턴 아바르에 있다고 생각하고 움직인다. 모두 긴장해!"

"알겠습니다, 성주!"

"갑시다."

적풍이 타르두에게 고개를 끄떡였다. 그러자 타르두가 말을 몰아 계곡 안으로 들어가기 시작했다.

기이한 계곡이었다.

물이 없음에도 불구하고 겉에서 보는 것과 달리 습기가 가득했다. 그 때문인지 지금까지 여행한 초원에서는 볼 수 없던 나무들이 곳곳에서 자라고 있었다.

햇볕이 들지 않으니 당연히 나무 아래 풀은 없었다. 서로 줄기를 얽어매며 자란 나무들이 계곡의 절벽을 타고 하늘로 솟구쳐 오를 뿐이었다.

나무들을 모두가 한 종류였는데 아랫부분은 사람의 살처럼 매끄럽고 윗부분만 펼쳐진 가지 위에 잎이 자라 있었다.

그 모습 또한 보통의 나무와 달리 괴기스러워서 마령의 계곡이라는 이름에 어울리는 나무들이었다.

"이것 참, 횃불이라도 밝혀야 하나."

타르두의 곁에서 길을 가고 있던 이위령이 잠시 말을 세우고 주변을 돌아보며 말했다.

그도 그럴 것이, 나무가 자란 곳은 다른 곳보다도 더욱 어두워서 마치 한밤중에 걷는 것 같은 느낌이 들 정도였다. 물론 계곡 위쪽을 보면 여전히 태양은 계곡 위 초원을 비추고 있었다.

"곧 익숙해질 거요."

타르두가 위로하듯 말했다.

"그렇긴 하겠지만… 썩 유쾌한 땅은 아니구려. 얼마나 더 가야 쉴 곳이 있소?"

"두어 차간만 가면 되오."

"두 차간이라……. 계곡 밖이라면 길지 않은 시간인데 이곳에선 하룻밤처럼 길게 느껴지겠군."

"갑시다."

타르두가 이위령의 걸음을 재촉했다.

일행은 타르두의 안내에 따라 느리지만 쉬지 않고 계곡을 전진했다. 오래전 격류가 흘렀을 계곡의 바닥은 말과 사람이 걷기에 불편하기 짝이 없었다. 그래서 가끔 일행은 말에서 내려 오히려 말을 밀어주며 계곡을 지나기도 했다.

그렇게 시간의 흐름을 잊은 듯 이동하는 데만 집중하던 십자성 고수들의 귀에 문득 적풍의 목소리가 들렸다.

"잠시 멈춘다."

적풍의 말에 앞서가던 타르두가 말을 세우고 적풍을 돌아봤다.

"아직 쉴 곳이 아닙니다. 거의 다 오기는 했지만… 이제 이십여 랍만 가면 됩니다."

"적당하군."

적풍이 고개를 끄떡였다.

그러자 소두괴가 얼른 적풍에게 물었다.

"이곳에서 기다리시게요?"

"어떻게 생각하나?"

적풍이 되물었다. 그러자 소두괴가 주변을 살펴본 후 대답했다.

"나쁘지 않군요. 다른 곳보다 빛이 많이 들어와 추격자들이 나타나면 알아보기 쉽고, 반대로 우린 절벽 아래 어둠 속에 숨어 있을 수 있습니다. 더군다나 계곡 양쪽 절벽 중간까지 올라갈 수도 있으니 저들을 위에서 내려다보며 상대할 수 있을 겁니다."

"좋아, 그럼 이곳으로 한다. 감문, 몽금, 금화!"

"예, 성주!"

세 사람이 얼른 대답했다.

"세 사람은 루와 사몽을 데리고 타르두 노인을 따라 쉴 장소로 가라. 파묵도 따라가라."

"성주, 이번에는 저도 힘 좀 쓰게 해주시죠?"

몽금은 그동안 싸움이 있을 때마다 설루와 적사몽을 지키는 일을 맡아왔기에 제대로 싸워본 적이 없었다.

"남고 싶나?"

적풍이 물었다. 그러자 몽금이 주변을 둘러보며 말했다.

"이곳에선 제 힘이 쓸모가 있을 겁니다."

몽금의 시선은 계곡 양옆 절벽에 위태롭게 매달려 있는 바위들로 향했다. 여차하면 그 바위들을 자신의 힘으로 굴리겠다는 뜻이다.

"어때?"

적풍이 설루에게 물었다. 몽금이 십자성의 고수이고 적풍을 따르는 사람이기는 하지만, 그녀의 행보에 대한 결정은 사실 설루가 결정하는 경우가 많았다.

"우리 걱정은 마."

"그래도 불안하군. 몽금이 남고 조어장이 간다."

적풍의 명에 조어장이 잠시 뜸을 들이다가 몽금의 날카로운 눈빛을 받고는 시무룩하게 대답했다.

"알았습니다. 제가 가지요."

"그대는 어쩌겠소?"

적풍이 단우하에게 물었다. 그러자 단우하가 잠시 망설이다 입을 열었다.

"누가 왔는지 보긴 해야겠지요."

"그댈 죽이려 할지도 모르오. 누가 왔든. 그대의 입을 막아야 하니까."

"후후, 설마 소공자께서 패하시겠습니까?"

단우하는 이 싸움에 반대하는 입장이지만, 그 이유가 적풍이 질 것을 걱정해서는 아니었다. 그는 가급적 적풍이 아바르의 실력자들과 원한을 맺는 것을 피하길 바라고 있었다.

"좋소, 그럼 남으시오. 사몽, 어머니를 잘 지켜드려라."

"예, 아버지!"

사몽이 당돌한 목소리로 대답했다. 설루가 대견한지 적사몽의 어깨에 가볍게 손을 올렸다.

"그럼 먼저 가시오."

남을 사람과 떠날 사람을 정한 적풍이 타르두에게 말했다.

적풍의 말에 타르두가 가볍게 고개를 숙여 보이고서 어두운 계곡 안쪽으로 말을 몰아가기 시작했다.

제9장
추격자들

이상한 기분이 들었다. 가슴에서 아주 오래전에 잃어버린 그 무엇인가를 찾은 듯한 느낌이다.

마령의 계곡을 흐르는 이 기이한 귀곡성이 단우하의 이 기묘한 감정을 더 깊게 만들고 있는지도 몰랐다.

우습게도 새삼스럽게 전의(戰意)가 솟구치고 있었다. 단우하의 나이가 일백여 살이 넘었다. 교벽을 통해 두 개의 세계를 여행했고, 그 여행의 시간 동안 그는 광폭한 전사들 속에 포함되어 있었다.

비록 모두가 그를 다른 형제들과는 조금 다른 성정을 지닌 사람으로 평가했지만, 어쨌든 그는 검은 사자의 일원으로 두 세계를 광풍처럼 누볐다.

그러나 그 광풍의 세월은 이미 이십여 년 전에 끝났다. 아바르를 차지하기 위한 마지막 전쟁을 끝낸 후 단우하는 전사의 삶을 미련 없이 내려놓았다.

대신 그는 검은 사자들 중 누구도 시도하지 않은 새로운 영역에 도전했다. 그의 주군 무황 적황 역시 그의 새로운 도전을 마음으로 응원했다.

단우하가 남은 인생을 걸고 도전하기로 한 새로운 길은 교벽과 밀교의 문으로 이어진 이 두 개의 세계에 대한 비밀을 알아내는 것이었다.

열망과 우연한 인연의 힘으로 이뤄낸 아바르의 패권은 이 세계에 대한 비밀을 풀기 전에는 모래 위에 지어진 성과 같다는 것이 단우하와 무황 적황의 생각이었다.

이 세계를 모르고서는 아바르를 신혈족의 땅으로 지켜낼 수 없었다. 신비한 칠왕의 검의 시작은 누구이며, 그 이전 원주족이 이 땅을 지배할 때의 시간은 어떠했는지, 그리고 월문은 이 세계에서 어떤 의미를 갖는지 등등, 아바르를 지배하게 된 신혈족들이 알아야 할 일은 광대했다.

가장 쉬운 방법은 현월문을 찾아가 그들이 알고 있는 모든 지식을 요구하는 것이다. 아바르를 정복한 검은 사자들의 힘이라면 가능하지 않을까 하고 생각한 것도 사실이다.

그러나 무황 적황과 단우하는 현월문으로 가지 않았다. 현월문이 가지고 있는 불가침의 묵계 때문은 아니었다. 필요하다면 적황은 현월문의 모든 법사를 멸절시킬 충분한 의지가 있는 사람이었다.

그럼에도 그들이 현월문으로 가지 않은 것은 법사로의 현월문의 문도들 말고 무사로서의 현월문 문도들을 걱정했기 때문이다.

명계를 떠날 때 경험한 우서한의 파마시, 그 한 번의 존재만으로도 검은 사자들은 월문이 결코 단순히 신비한 법사들의 문파가 아님을 알 수 있었다.

어쩌면 월문에는 검은 사자조차 감당할 수 없는 무서운 고수들이 있을지도 모른다. 그래서 적황은 아바르를 신혈족의 터전으로 만든 이상 현월문을 상대로 불확실한 도전을 하고 싶지는 않았던 것이다. 그래서 선택한 것이 단우하의 도전이었다.

성과는 적지 않았다. 단우하는 이 땅의 역사에 대해 체계적인 기록을 만들어낼 수 있었고, 이 땅에 존재하는, 혹은 존재했던 수많은 종족에 대한 조사도 방대하게 이뤄냈다.

그리고 그중 가장 놀라운 성취는 교벽에 대한 연구였다. 그는 천문과 기후의 변화로 교벽의 주기를 읽는 법을 알아냈고, 칠왕의 땅에 산재한 수많은 기록을 토대로 뢰산에 신전을 만들고 완벽하지는 않지만 교벽의 일부를 어느 정도 통제할 수 있는 방법도 찾아냈던 것이다.

그래서 시도할 수 있는 것이 적풍을 이 땅으로 데려오는 일이었다.

그 모든 성취는 놀라운 것이었다. 현월문에서조차 아바르의 단우하를 주목할 수밖에 없는 성취였다.

하지만 그렇게 은밀한 성취를 이뤄가면서 단우하가 잃어버린 것이 있었다. 그건 바로 검은 사자로서의 투지였다.

어느 때부터인가 그는 검은 사자들의 그 광폭한 투지가 부담스럽게 느껴지기 시작했고, 이 신비의 세계에서 그의 혈족이 가진 신혈의 힘이 보잘것없게 생각되기까지 했다.

그래서 그는 그의 형제들로부터 조금씩 멀어지기 시작했다. 그는 점점 어둠 속으로 들어갔고, 오직 무황 적황을 만날 때만 자신의 공간에서 벗어났다.

어떤 때는 소리 없이 검은 사자들의 성을 벗어나 칠왕의 땅과 그 너머 그들이 아직 알지 못하는 미지의 땅을 한동안 여행하기도 했다.

그러나 그는 결국 무황과 검은 사자들, 그리고 신혈족의 아바르에서 벗어날 수 없는 운명이었다.

먼 곳을 여행하다가도 불쑥 신혈의 아바르가 그리워졌고, 무황의 안위가 걱정되었으며, 그 거칠고 투박한 형제들에게 외로움을 위로받고 싶어졌던 것이다.

그래서 결국 그는 아바르를 떠날 수 없었다. 그의 생에 적황은 그의 목숨을 걸어야 할 주군이었으며, 검은 사자들은 그와 목숨을 나눈 형제들이었고, 아바르의 신혈족은 그가 죽음으로 지켜야 할 동족들이었던 것이다.

하지만 그렇게 자신의 뿌리로 돌아왔다고 해서 그가 다시 그의 형제들과 같은 사람이 될 수 있던 것은 아니다.

한 뿌리에서 난 다른 가지처럼 단우하는 검은 사자들과 함께하면서도 여전히 혼자만의 삶을 살았다.

그리고 당연하게 검은 사자로서의 전의, 그 영혼까지 태워 버릴 듯한 강렬한 투지는 더욱더 소멸해 가고 있었다.

그런데 오늘 이 귀기스러운 마령의 계곡에서 단우하는 자신에게서 영원히 사라져 버렸을 거라 생각한, 혹은 그 자신이 이젠 그 굴레에서 완전히 벗어났다고 생각한 그 까닭 모를 무모한 전의가 여전히 살아 있음을 깨달았다.

그리고 더 놀라운 것은 그 전의의 되살아남이 그의 걱정과 달리 그렇게 불쾌한 경험이 아니라는 것이다.

그건 마치 그 자신이 세월을 거슬러 폭풍과도 같던 시절로 돌아간 듯한 새로움과 활기였다.

"난 왜 이 느낌을 잊고 살았던 거지?"

죽은 자가 관 속에서 나온 것처럼 그렇게 단우하가 중얼거렸다. 그리고 자신도 모르게 단우하가 자신의 얼굴을 반쯤 가리고 있던 두건을 머리 위로 들어 올렸다.

어둠 속의 마령의 계곡, 그 안에서 단우하의 백색 얼굴이 선명하게 드러났다.

오랫동안 얼굴을 가리고 있어선지 그의 얼굴은 사막을 여행하고, 세 어머니의 호수를 건넜으며, 여러 날 초원의 따가운 햇살을 견뎠음에도 설인처럼 흰색이었다.

그래서 그의 얼굴은 다른 어느 곳에서보다 특별하게 보였다.

"다시 쓰시오."

조용하지만 강압적인 목소리가 단우하의 뒤에서 들려왔다.

순간 단우하가 상념에서 벗어나며 놀란 얼굴로 뒤를 돌아봤다. 그러자 적풍이 묵묵히 단우하를 바라보고 있다.

적풍은 체구가 몽금만큼 큰 것은 아니지만 보통 사람에 비하면 큰 편이라 그는 단우하의 머리 위에서 단우하를 내려다보고 있었다.

"소공자!"

단우하가 스스로 자신의 실수를 깨달은 듯, 혹은 이해를 구하는 듯한 표정으로 적풍을 불렀다.

"당신 같은 얼굴은 알아보기 쉬운 법이오. 당신이 우리 중에 포함된 것이 알려져도 나야 상관없다 말할 수 있지만 위치를 알려주는 건 문제가 되지 않겠소?"

적풍의 말에 단우하가 얼른 두건을 다시 썼다. 그러자 흰색으로 빛나던 그의 얼굴이 다시 어둠 속으로 사라졌다.

"제가 잠시 흥분한 모양입니다."

"흥분? 이상하군. 당신 같은 사람이 흥분을 하다니… 이유가 뭐요?"

적풍이 물었다.

"글쎄요. 저도 모르겠군요. 갑자기… 젊은 시절 가지고 있던 그 전의가 살아나는 것 같더군요."

"전의라… 후후, 이제 알겠군."

적풍이 나직하게 웃음을 흘렸다.

"소공자께서 그 이유를 아신단 말입니까?"

단우하가 놀란 눈으로 적풍을 바라봤다.

그러자 적풍이 단우하의 눈앞에 한 자루 검을 들어 올렸다. 짙은 묵 빛의 검, 너무 검어서 빛이 들어오지 않는 이 마령의 계곡에선 그 검신이 보이지도 않는 검이다.

그러나 단우하는 명확하게 검의 실체를 느낄 수 있었다. 왜냐하면 그 검이야말로 그가 적풍과 함께 이 땅으로 반드시 가져와야 할 신검이었기 때문이다.

"전왕의 검이군요."

단우하가 침을 꿀꺽 삼키며 말했다.

"맞소."

"설마 오늘 그 검을 쓰시려는 겁니까?"

"안 될 것 있소?"

"소공자, 전왕의 검은 불의 검과는 다릅니다. 불의 검은 검 자체가 사람들의 이목을 끌 뿐이지만 전왕의 검은… 그 검의 주인이던 사람과 소공자님의 관계에 사람들 이목이 쏠릴 겁니다. 그래서는…….."

"하지만 오늘은 이놈이 꼭 필요할 것 같구려."

"어째서 말입니까? 설마 오는 자들 중 불의 검으로 상대하지 못할 능력자들이 있다고 생각하시는 겁니까?"

"그런 것은 아니오."

"허면 왜……?"

"그대조차도 이 검에 반응해 수십 년간 잃은 투지를 일깨웠다고 했소. 그런데 지금 내 사람들에게 바로 그 투지가 필요한 시기라서 말이오."

적풍의 말에 단우하는 확실히 십자성이 고수들이 지금까지와는 또 다른 형태의 투지에 불타고 있음을 알 수 있었다.

그들의 눈에선 전혀 두려움을 찾을 수 없었다. 과거 전왕의 검을 든 무황 적황을 따르던 검은 사자들처럼.

"전왕의 검이 아니더라도 이들을 충분히 용기 있는 사람들입니다."

"물론 알고 있소. 하지만 신혈의 잠력을 충분히 깨우려면 아무래도 이놈이 필요하지. 난 이들 중 누구라도 다치는 것을 원치 않소. 이 계곡에서의 싸움은 내가 결정한 것이니까."

"소공자, 부탁드리지요. 오늘만은 전왕의 검을 감춰주십시오."

"내 사람들이 위험에 빠져도 말이오?"

"후우, 원하신다면 제가 돕겠습니다."

"…무슨 말이오?"

"저도 이 싸움을 피하지 않겠다는 뜻입니다."

놀랄 만한 말이다. 그동안 단우하는 어디서든 싸움에 직접적으로 뛰어든 일이 없었다.

여행을 하는 동안 싸움은 오로지 적풍과 십자성 고수들의 몫이었다. 단우하는 적어도 싸움에 있어서만은 방관자나 다름없었다.

"그대의 정체가 온전히 드러날 텐데?"

"이미 드러났을지도 모르지요. 그러나 소공자님과 전왕의 검이 세상에 알려지는 것과는 비교할 수 없는 일입니다."

"글쎄… 내 생각에는 오늘 반드시 이 검이 필요할 거라 생각했는데… 일단 거둬봅시다."

적풍이 단우하의 부탁대로 전왕의 검을 거뒀다.

스릉!

전왕의 검이 그 묵빛 검신을 검집에 숨겼다.

"후우!"

그러자 단우하가 마치 사슬에서 벗어난 사람처럼 크게 숨을 쉬었다.

"그런데 싸우는 법을 기억하고는 있소?"

적풍이 어둠 속에서 물었다.

"걱정 마십시오. 이 피는… 결코 싸우는 법을 잊지 않습니다. 그 사실을 전 오늘 확실히 깨달았지요."

단우하가 씁쓸한 표정으로 말했다.

"후후, 이제야 그대가 나와 같은 피를 지닌 사람인 것 같군. 사실 지금까진 이방인 같았거든."

"그랬습니까? 그럼 다행이군요. 불행 중."

"아무튼 좋소. 어쨌거나 이젠 그대의 실력을 봐야 할 때인 것 같소."

적풍의 말에 단우하가 시선을 돌렸다.

그러자 계곡 저편에서 생경한 기운이 느껴졌다.

"왔군요."

"그렇소."

"제일 먼저 온 자들이 누굴까요?"

"나라고 알 수 있겠소? 일단 만나봅시다."

적풍이 걸음을 옮기며 말했다.

스스슥!

독사가 습지를 찾아들 듯 그렇게 그들이 다가왔다.

적풍과 십자성 고수들조차도 긴장할 만큼 그들의 기운은 서늘했다. 이런 자들은 주로 살수다. 무림에서 종종 마주치는 살수들이 바로 이런 기운을 가지고 있었기에 적풍 등은 당연히 이들의 기운을 알아차릴 수 있었다.

"살수입니다."

소두괴가 조용히 말했다.

적풍은 고개를 끄떡이는 것으로 대답을 대신했다. 그러면서도 의문이 들었다.

다가오는 살수들의 기운은 분명 살법을 전문적으로 수련한 자들의 것이다. 그건 곧 저들이 살공을 수련했다는 의미인데 칠왕의 땅에서 대체 어떻게 살공을 수련할 수 있단 말인가.

이 땅에서 무공은 칠왕의 직계 후예들에게만 허락된 것이고, 더더욱 살법의 무공이 전해질 것이라고는 생각지 못한 적풍이다.

그래서 단우하에게 묻지 않을 수 없었다.

"이 땅에 살수의 무공이 존재하오?"

적풍의 물음에 단우하의 표정이 일그러졌다.

"…그렇습니다."

"어디에?"

적풍이 의외라는 듯 되물었다.

"……."

그러자 단우하가 답이 없다.

"이 지경에서도 못할 말이 있소?"

적풍이 단우하의 대답을 재촉했다. 그러자 단우하가 깊게 한숨을 쉬며 대답했다.

"사람 죽이는 일을 업으로 삼는 자는 이 땅에도 적지 않습니다. 어디나 그렇듯이. 하지만 살법을 무공으로 수련할 수 있는 곳은 오직 두 곳뿐이지요."

"어디요?"

언제나 사설이 긴 단우하지만 오늘만큼은 적풍의 인내심을 자극했다.

"천인총과… 아바르입니다."

순간 적풍의 눈에서 검은 기운이 스치듯 나타났다 사라졌다.

"천인총과 아바르……. 천인총에서 과거 자신들의 사람이던 마르칸의 복수나 혹은 타르두 노인의 존재를 알고 온 것은 아닐 테고… 역시 아바르일 가능성이 크겠군."

"아마도 그럴 것입니다."

단우하도 적풍의 짐작을 부인하지 않았다.

"그런데 어떻게 아바르에 살공이 존재하는 거요? 십병초인 황천산의 무공에 살공도 포함되어 있었소?"

"그건 아닙니다."

"그럼……?"

"이십팔룡을 아시지요?"

단우하가 갑자기 이십팔룡에 대한 이야기를 꺼냈다.

"물론 알고 있소."

적풍이 대답했다.

"지난번에도 말씀드렸듯이 이십팔룡이 이 땅에 온 후 한동안 함께 움직이던 그들은 얼마 지나지 않아 칠왕이 다스리는 각 성으로 흩어졌지요. 당시 그들이 이 땅에 온 이유는 아직도 이 땅의 풀리지 않는 수수께끼지요. 혹자는… 현월문의 초대에 의한 것이라고도 합니다."

"현월문이?"

"어쨌든 밀교의 문을 통해 왔으니까요."

"그렇구려. 밀교의 문을 열 수 있는 자들은 오직 월문뿐이니까."

"아무튼 그렇게 흩어진 이십팔룡은 마치 새로운 피를 주입하듯 칠왕의 후예들에게 그들의 무공을 전수했지요. 물론 당시에도 칠왕의 직계들은 대단한 무공을 지니고 있었지만."

"무공이야 많을수록 좋지. 무림의 정수에 가까운 무학을 지닌 이십팔룡의 무공이라면 더더욱."

적풍이 고개를 끄떡였다.

"그렇지요. 그런데 이십팔룡 모두가 칠왕의 세력에 흡수된 것은 아닙니다."

"그 역시 지난번에 말하지 않았소? 이 땅을 떠나 변방으로 떠난 자들도 있다고."

"맞습니다. 그리고 그중 일부는 아바르에 정착했지요. 당시 아바르의 고대 주인이던 전왕의 후손은 칠왕 중 다른 삼왕의 공격으로 거의 그 후손이 끊기기 직전이었지요."

역시 단우하가 이미 말해준 이 땅의 역사이다.

"그런 땅에 정착했다는 것은 누구에게도 속하지 않기를 원했다는 것이겠구려."

"그렇습니다. 변경으로 떠나지 않고도 아바르에선 독자적인 삶을 살 수 있었으니까요. 그렇다고 칠왕이 감히 그들을 함부로 핍박할 수도 없는 처지였고."

"이십팔룡의 무공은 무림사에서도 특별한 것이었으니까."

"그렇습니다. 아무튼 이십팔룡에 대한 비사를 살펴보면 그들 중 두 명의 전설적인 살수 이름이 나옵니다. 한 명은 탈명객 무명사, 다른 한 명은 천살객 귀황이지요."

"들어본 것 같구려."

적풍이 대답했다.

"명계 무림에 계셨으니 이십팔룡의 별호는 들으셨겠지요. 아무튼 그중 천살객 귀황은 천인총으로 갔고, 탈명객 무명사는 아바르 오지에 은거했습니다. 이후 탈명객의 살공은 절전되었는데 무황께서 아바르를 신혈의 땅으로 만드신 후 우연히 그의 은거지가 발견되었지요. 해서……."

"그의 무공을 수련시켰구려. 아바르의 전사들에게."

"모든 전사에게 전수한 것은 아닙니다. 오직 무황님과 그 혈족들을 은밀히 지키는 자들에게만……."

단우하가 말꼬리를 흐렸다. 그러자 적풍이 비릿한 웃음을 흘렸다.

"후후, 그렇다면 저들은 황자와 황녀들이 보낸 것이군. 이제 보니 단 노사 그대도 그 세 사람으로부터 좋은 대접을 받고 살았던 것은 아닌 모양이구려."

"그분들뿐 아니라 젊은 아이들은 절 잘 모르지요. 아바르에서 전 은둔자였으니까요. 아마 제 얼굴을 아는 아이도 흔치 않을 겁니다."

단우하가 대답했다.

"은둔자라……. 무림까지 날 찾아온 사람치고는 의외구려. 난 그대가 아바르의 정사에 깊이 관여하고 있을 거라 생각했는데."

"그만큼 소공자를 모시는 일이 중요했다고 해두지요."

"좋소, 아무튼 만나보시겠소?"

적풍이 이제는 눈앞에 다가온 검은 살수들의 그림자를 보며 물었다. 그러자 단우하가 잠시 검은 인영들을 주시하다가 대답했다,

"그러지요."

대답을 한 단우하가 적풍이 미처 무슨 말을 꺼내기도 전에 미끄러지듯 계곡의 정중앙 달빛이 희미하게 드리우는 곳으로 나아갔다.

"생각보다 성미가 급한 사람이었나?"

적풍은 고개를 갸웃하면서 팔짱을 끼고 검은 인영들과 조우한 단우하를 바라봤다.

희미한 달빛 속에서 계곡 바닥을 유심히 살피고 있던 검은 인영들은 갑작스럽게 나타난 단우하로 인해 흠칫하는 모습을 보이더니 이내 침착함을 되찾고 단우하 앞으로 다가왔다.

단우하는 여전히 두건으로 얼굴 반을 가리고 있어서 그의 정체가 명확히 드러나지 않았다. 그러난 검은 인영들은 놀랍게도 단숨에 단우하의 정체를 알아차렸다.

"위대한 검은 사자의 일원이신 단 어르신이십니까?"

검은 인영들을 이끌고 있는 듯 보이는 삼 인 중 한 명이 단우하에게 정중하게 물었다.

"나인 줄 알고 찾아왔다니 부인하지는 않겠다."

"이렇게 뵙게 되어 영광입니다."

삼 인이 거의 동시에 고개를 숙여 보였다. 그러자 단우하가 차가운 말투로 물었다.

"내가 단우하인 줄 알고도 날 찾아왔다는 것은 명을 내린 사람이 나보다 너희들에게 중요한 사람이란 뜻이겠지?"

"…그렇습니다."

"나보다 중요한 사람이라……. 무황의 의제(義弟)인 나보다 중요한 사람이라면 역시 세 분의 황자, 황녀님밖에 없겠지. 뭐라 명하시더냐? 내 목이냐, 아니면 다른 무엇이냐?"

단우하가 차갑게 물었다.

그러자 흑의인들의 눈빛이 살짝 흔들렸다. 단우하의 추측이 너무 정확해서 흑의인들은 새삼스레 이 전설적인 무황의 의제, 아바르의 전사 중 가장 특별한 길을 걷고 있다는 노인에게 대해 갑자기 두려움이 생길 정도였다.

"어르신께서 명계에 다녀오신 것이 확실하다면 우린 어르신께서 아바르로 가시는 것을 막아야 합니다. 더불어……."

말을 하던 자가 시선을 돌려 절벽 아래 어두운 곳을 바라봤다. 적풍 등이 머물고 있는 곳이다.

"누군지 알고 있느냐?"

"…모릅니다. 다만 명계에서 온 자가 있다면 함께 처리하라는 명을 받았을 뿐입니다."

"그렇군. 그런데 가능하다고 보느냐?"

"아시겠지만 저희들은 아주 오랫동안 탈명객의 살공을 수련했습니다. 초원의 전장에서라면 모르겠지만 이런 어둠 속에선 그 누구도 우리의 검을 피할 수 없습니다."

"좋아, 그렇다면 먼저 나를 상대해 보도록 하거라."

"어르신, 일황자께서 말씀하시길 불의 검을 회수하고 명계에서 온 자들을 처리한 후라면 어르신의 목숨을 보존하여 성으로 모셔오는 것도 괜찮다 하셨습니다만……."

"후후후, 역시 그는 부족한 면이 있어."

단우하가 나직하게 웃음을 흘렸다.

"황자님을 모독하시는 겁니까?"

"사실을 말할 뿐이지. 무황께서 그를 후계자로 정하지 않으신 것도 바로 그런 아둔함 때문이지."

"황자님에 대한 모독은 용납할 수 없습니다."

스릉!

흑의인이 검이 검집을 벗어났다. 검신이 가늘고 끝이 날카로운 것이 명확한 살수의 검이다.

"이놈들! 경거망동하지 마라! 겨우 너희들 따위에게 당할 나라면 어찌 무황의 의제가 되었겠는가? 그래서 세 분 황자, 황녀께서 어리석다는 것이다. 날 죽이려면 너희들이 아니라 그분들이 직접 왔어야 했다!"

단우하도 천천히 검을 뽑았다. 특이하게도 검은 사자인 그에게서 백색의 기운이 넘실거렸다.

"이 세상에 우리의 살검을 막을 사람은 없습니다."

흑의인이 경고했다.

"그렇게 믿고 싶겠지. 아니, 그렇게 믿고 있겠지. 탈명객의 살공이라면 그런 자신감을 가질 만해. 그러나 그걸 알고 있느냐? 그 탈명객의 무공을 발견한 사람이 바로 나라는 것을!"

"⋯⋯!"

단우하의 말에 흑의인들의 얼굴에 당혹감이 떠올랐다.

"무공이란 그런 것이다. 가장 오래 수련한 자가 가장 강한 것이지."

"노사, 설마⋯⋯?"

"내가 왜 무황의 의제이겠느냐? 그건 바로 내가 무황을 지켜야 하는 운명을 타고 태어난 사람이기 때문이다. 그러므로 호위무사에게 필요한 무공 역시 외면할 수는 없었다. 보겠다. 너희들의 수련이 어떠한지를!"

팟!

말이 채 끝나기도 전에 단우하의 신형이 달빛 아래서 사라졌다. 그리고 다음 순간 흑의인이 다급하게 검을 위로 쳐올렸다.

창!

어느새 다가온 단우하의 검이 흑의인의 검과 충돌했다.

"제법이구나!"

단우하가 흑의인의 눈앞에 자신의 얼굴을 들이밀며 말했다.

"모두 공격하시오!"

단우하의 공격을 겨우 막은 흑의인이 좌우에 서 있는 남녀 두 사람에게 소리쳤다.

그러자 단우하의 말과 행동에 놀라 잠시 얼어붙은 듯 서 있던 두 사람이 정신을 차리고 벼락처럼 단우하의 머리와 옆구리를 향해 검을 뻗었다.

순간 단우하의 신형이 다시 사람들의 시야에서 사라졌다.

파팟!

좌우에서 단우하를 공격하던 두 남녀가 교차하듯 서로를 지나쳤다. 그러자 두 사람이 스쳐 지난 그 공간에 거짓말처럼 단우하의 모습이 다시 나타났다.

마치 처음부터 그곳을 떠나지 않은 사람처럼 그렇게 다시 모습을 나타낸 그의 검이 벼락처럼 정면에 서 있는 흑의인을 찔렀다.

팟!

단우하의 검에서 섬광 같은 검기가 나타났다 사라졌다.

"큭!"

유령처럼 사라졌다 다시 나타나 기습적인 공격을 가한 단우하의 검을 막지 못하고 흑의인이 나직한 신음을 흘려내며 뒤로 밀려났다.

가까스로 심장 밖으로 흘려낸 단우하의 검이 그의 어깨를 찔렀기에 뒤로 물러나는 그의 어깨에서 피가 솟구쳤다.

그런 흑의인을 향해 다시 단우하가 달려들려는데, 다시금 좌우에서 두 명의 남녀가 단우하를 공격했다.

그러자 단우하가 다시 신형을 감췄다.

"모두 나서라!"

단우하의 신출귀몰한 움직임에 경악한 듯 피가 솟구치는 어깨를 지혈하며 물러난 흑의인이 소리쳤다.

그러자 어둠 속에서 흑의인들이 밀려나와 흐릿하게 모습을 드러내는 단우하를 에워쌌다.

그리고 그때부터 단우하와 흑의인들 간의 기이한 싸움이 시작됐다.

"왜 저러는 걸까요?"

감문이 이해가 되지 않는다는 표정으로 입을 열었다.

희미한 달빛 아래 계곡 중앙에서 벌어지는 싸움은 마치 허깨비놀이 같았다. 흑의인들이 단단히 진영을 갖춰 단우하를 공격했지만 단우하는 흑의인들의 그물에 걸릴 듯하면서도 귀신 같은 움직임으로 흑의인들을 공격을 피해냈다.

그러면서도 흑의인들로부터 완전히 벗어나지는 않았다. 벗어나려고 한다면 충분히 흑의인들의 진영을 벗어날 수 있음에도 단우하는 위험을 감수하면서 흑의인들의 진영에 머물렀다.

물론 흑의인들을 모두 무릎·꿇릴 수는 없었다. 그는 그저 그 자신 한 몸 보전하는 것으로 싸움을 이어가고 있었다.

그러니 십자성의 고수들로서는 의문이 생기지 않을 수 없었다. 이쯤 되면 싸움을 적풍과 십자성의 고수들에게 맡기고 뒤로 물러나야 정상인 단우하였다.

그런데 그는 승패가 나기 어려운 싸움을 지겨울 정도로 이어가고 있었다.

"우리에게 도움을 주려는 것 같군요."

소두괴가 대답했다.

"도움? 무슨 도움? 설마 저들의 힘이라도 빼려고?"

"그게 아니라 저들의 움직임을 우리에게 보여주려는 겁니다. 혹여 탈명검의 살공을 수련한 자들의 움직임에 우리가 대처하지 못할까 봐."

"그런 마음이었나? 그렇다면 고마운 일이지. 하긴… 저들의 살검이 대단하긴 하군."

"그렇다고 우리가 상대하지 못할 것도 아니잖수?"

이위령이 말했다. 그의 눈은 벌써 전의로 번들거리고 있었다.

"물론 그렇긴 하지만 그래도 적의 무공을 알고 싸우는 것이 수월하긴 하지."

감문이 말했다.

그때 갑자기 싸움터가 소란해지더니 단우하가 바람처럼 흑의인들의 진영을 벗어나며 소리쳤다.

"열심히들 수련했구나! 그러나 운이 없었다! 주인을 잘못 만났고, 때를 잘못 만났고, 상대를 잘못 만났다! 검을 버리는 자만이 새로운 운명을 살게 될 것이다! 명심하라!"

흑의인들에게 충고를 한 단우하가 그들로부터 순식간에 멀어졌다.

흑의인들이 그런 단우하를 추격하려다 말고 걸음을 멈췄다. 물러나는 단우하의 뒤쪽에서 검은 그림자들이 하나둘 모습을 나타냈기 때문이다.

"수고했소."

단우하가 돌아오자 적풍이 말했다.

"도움이 되셨으면 좋겠군요."

"많은 도움이 됐소. 그런데 정말 저들에게 기회를 줄 거요?"

적풍이 물었다.

"저들이 선택을 한다면, 그리고 소공자께서 아량을 베푸신다면 그러고 싶습니다. 사실 저들은 아무 죄가 없지요. 어려서 황자, 황녀님의 비밀스러운 호위 전사로 뽑혀 탈명검의 살공을 수련한 것뿐, 그 선택은 결코 저들의 잘못이 아닙니다."

"그렇긴 하군. 그러나 운명은 비정하게도 자의든 타의든 자신이 서 있는 길 위에서 결정되는 것 아니오?"

"맞습니다. 그래서 그 길을 스스로 선택할 기회를 한 번쯤은 다시 주고 싶습니다."

"그대가 이렇게 정이 많은 사람인 줄 몰랐구려."

"모두 같은 신혈족이니까요."

단우하의 말에 적풍이 고개를 끄떡였다.

"그렇구려. 좋소. 모두 들었지? 검을 버리는 자는 베지 않는다."

"예, 성주!"

적풍 앞에서 십자성의 무사들이 일제히 대답했다.

대답을 들은 적풍이 훌쩍 신형을 날려 계곡 중앙 달빛 아래로 나아갔다.

"모두 잘 들어라! 그리고 스스로 자신의 운명을 결정하라!"

계곡 중앙에 나선 적풍이 자신을 바라보고 있는 흑의인들을 보며 말했다. 그 목소리는 그리 크지 않았지만 사자의 소리를 닮아서 흑의인들을 긴장시켰다.

"나에 대해 말해주겠다. 난 명계에서 왔고 너희들과 같은 신혈족이다. 명계에서 난 신혈족의 생존을 위해 싸웠고, 그 일을 성취했다. 이 땅에 온 것 역시 신혈족의 안위를 위해서다. 하지만 아무리 신혈족이라도 나와 나의 사람에게 검을 들이대는 자들은 용서하지 않는다. 단 한 번만 말하겠다. 언제든 단 노사가 말한 새로운 운명의 길을 선택하려는 자는 검을 버려라. 그럼 그 순간 너희들은 새로운 길 위에 서 있을 것이다."

처음 보는 자의 말과 약속이다. 세상 누구도 낯선 자의 약속을 믿지 않는다. 그러나 이상하게도 적풍의 목소리에는 사람의 믿음을 이끌어내는 힘이 있었다.

적풍은 흑의인들의 눈에서 전의가 옅어짐을 느꼈다. 어쩌면 그들은 자신들이 추앙하던 전설, 검은 사자 단우하와 목숨을 걸고 싸웠다는 것에 부담을 느끼고 있는지도 모른다.

그 심리적 충격이 그들로 하여금 적풍의 말에 귀 기울이게 했을 수도 있다. 그러나 그것이 모든 흑의인에게 일어난 일은 아니었다.

적어도 이들의 세 우두머리에게는 적풍이 여전히 오늘 베어야 할 대상이었다.

"모두 정신 차려라! 저자는 오늘 이곳에서 죽어야 할 자다! 우리가 받은 명은 바로 그것! 저들을 이곳에서 죽이는 것이다!"

단우하에게 어깨를 찔린 자가 차갑게 소리쳤다.

그러자 흑의인들이 퍼뜩 정신을 차리고 적풍과 적풍의 뒤에 도열한 십자성의 고수들을 향해 살기를 뿜어내기 시작했다.

"언제나 충고는 한 번이면 족하지. 두 번은 사족일 뿐이야."

적풍이 나직하게 중얼거리며 천천히 청룡검을 뽑았다.

그가 청룡검을 사용하려 하는 것이 꼭 단우하의 부탁 때문만은 아니었다. 전왕의 검을 뽑는다면 흑의인들은 자신들도 모르는 사이에 적풍에게 복종심이 생길 수 있었다. 적풍은 그런 복종은 원하지 않았다.

이들이 스스로 선택한 복종이 아니라면 아무 의미가 없다고 생각하는 적풍이다. 설혹 그것이 그들의 죽음을 담보로 해야 하는 경우라도.

"싸울 때는 사정을 두지 마라! 오직 검을 버린 자에게만 아량을 베푼다!"

적풍이 혹여 상대가 신혈족이기에 가질 수 있는 십자성 무사들의 망설임을 없애기 위해 재차 명을 내렸다. 그러고는 자신이 먼저 흑의인들을 향해 달려들었다.

촤아악!

적풍의 청룡검이 가장 앞에 서 있는 흑의인을 향했다. 검게 뿌려지는 검기가 단번에 흑의인의 목에 닿았다.

순간 흑의인이 꺼지듯 그 자리에서 사라졌다. 하지만 적풍은 당황하지 않았다. 애초에 이런 움직임을 예상하고 있던 적풍이다.

적풍의 신형이 흑의인이 있던 공간을 그대로 뚫고 들어갔다.

"죽엿!"

어둠 속에서 어깨에 부상을 당한 사내가 날카롭게 소리쳤다. 그러자 세 명의 흑의인이 세 방향에서 적풍을 찔러왔다.

파파팟!

확실히 살수의 무공을 수련한 아바르의 전사들은 지금껏 상대한 자들과는 달랐다.

날카롭게 파고드는 살검에는 무시할 수 없는 검기가 서려 있었고, 거의 완벽하게 적풍이 벗어날 공간을 차단하고 있었다.

단우하는 이런 공격을 신묘한 움직임으로 벗어나곤 했지만 적풍의 대응은 달랐다. 적풍이 달리는 속도를 멈추지 않고 그대로 청룡검을 휘둘렀다.

웅!

청룡검이 적풍의 좌측에서 우측으로 만월 모양의 원을 그리며 휘어졌다. 그러자 그 검로를 따라 마치 적풍을 에워싸는 듯한 검기의 무리가 만들어졌다

카캉!

흑의인들의 살검이 적풍이 만든 둥근 검기와 충돌하면서 날카로운 소리를 토해냈다.

"웃!"

적풍의 검기에 막힌 흑의인들이 나직한 신음 소리를 내며 뒤로 물러났다. 검에서 느껴지는 강력한 반탄력에 검을 든 손의 힘이 풀릴 지경이다.

적풍은 뒤로 물러나는 흑의인들에겐 관심이 없었다. 그가 다시 속도를 높여 단우하에게 부상을 당한 흑의인을 향해 달려들었다.

그즈음 적풍의 기운은 최고조에 이르렀다. 그를 에워싸고 있는 검은 기운이 그의 몸을 휘감아 오직 그의 눈만이 드러나 보였다. 그 모습이 마치 저승에서 올라온 혼령처럼 보여서 흑의인의 심장을 흔들리게 만들었다.

"대체… 넌……?"

흑의인은 이렇게 강력한 신혈의 기운을 경험한 적이 없었다. 그의 주군인 일황자 적룡조차도 이런 기운을 가지고 있지 못했다.

어쩌면 이런 기운을 가진 사람은 오직 한 명뿐일지도 모른다는 생각이 들었다.

무황 적황, 아바르의 주인이자 모든 신혈족의 왕인 무황 적황만이 이런 기운을 가지고 있을 것 같았다. 물론 흑의인의 눈으로 직접 적황의 힘을 본 적은 없지만.

콰아아!

흑의인이 놀라든 말든 적풍의 청룡검은 흑의인의 목을 향해 떨어져 내렸다.

흑의인이 황급히 검을 들어 적풍의 검을 막았다.

캉!

적풍의 검을 막은 흑의인의 검에서 파열음이 일어나더니 검신의 중간이 뎅겅 부러져 나갔다.

순간 상대의 검을 잘라낸 적풍의 검이 그대로 흑의인의 가슴을 베어냈다.

"큭!"

흑의인의 입에서 나직한 신음 소리가 흘러나오더니 이내 그의 몸이 통나무처럼 기울기 시작했다.

쿵!

묵직한 충격음이 흘러나왔다. 적풍의 검에 베인 흑의인이 어느새 땅 위에 나뒹굴고 있었다. 흑의인은 땅에 쓰러진 채 꿈틀거리며 몸을 일으키려고 했다.

그때 그의 등에 돌덩이 같은 무게가 느껴졌다. 어느새 흑의인의 등을 적풍이 발이 밟았다.

"그대로 있어. 죽고 싶지 않으면."

적풍이 발아래서 꿈틀대는 흑의인을 보며 나직하게 경고했다.

그리고 그 순간 이미 오늘 밤 싸움의 승패는 결정이 나버렸다. 사자 같은 적풍의 무공과 기세를 보고 난 흑의인들이 한순간에 전의를 상실해 버린 것이다.

제10장
무황의 아들,
그리고 변방의 어느 숲

싸움은 적풍 일행에게 일방적으로 유리하게 진행됐다.

적풍이 단번에 무리의 우두머리 중 하나를 제압했기 때문이기도 하지만, 아바르의 세 황자, 황녀가 길러낸 비밀스러운 전사들의 무공이 십자성의 고수들에게 미치지 못한 이유가 가장 컸다.

더군다나 살수란 자들은 은밀한 암습을 통해서 그 장점이 최대한 발휘되게 마련인데, 그들은 드러나 있었고 특히 적풍이 고른 이 장소는 기다리고 있는 자들에게 절대적으로 유리한 곳이었다.

다만 그럼에도 불구하고 이 싸움을 그런대로 버텨내는 인물들이 있었다.

적풍이 제압한 자와 함께 무리를 이끄는 두 명의 흑의인은 다른 자들에 비교할 수 없을 만큼 특별했다.

다른 자들이 밤하늘에 반짝이는 별과 같다면 그 둘은 밤을 밝히는 달과 같았다.

그들은 각기 십자성의 젊은 고수 와한과 파간을 맞아 싸우고 있었는데, 두 사람을 상대하면서도 결코 약세를 보이지 않았다.

어쩌면 서로 상대하는 자들의 무공 특성이 쉽게 승부를 볼 수 없게 만드는 것인지도 몰랐다.

와한과 파간은 신혈족 특유의 거칠고 강력한 투기를 앞세워 호쾌한 공격을 가했고, 두 명의 흑의인은 살공을 수련한 자들답게 적의 공격을 피한 후 상대의 빈틈을 찾아 반격하는 데 주력하고 있었다.

그런데 이 공수의 조화가 반복되는 싸움은 묘하게도 서로 잘 어우러져 승부의 균형을 유지하게 만들었다.

반면, 그 둘을 제외하고는 거의 모든 흑의인이 큰 위기에 처해 있었다.

몽금은 강력한 힘으로 계곡 양옆에 즐비한 바위들을 집어던져 흑의인들이 단단하게 형성한 진영을 깨버렸고, 그 틈을 노련한 이위령과 소두괴 두 사람이 날카롭게 파고들어 적을 베어 넘겼다.

적풍은 오른발로 흑의인을 누른 채 여유 있게 십자성 고수들의 싸움을 지켜보고 있었다.

그에게 잡힌 흑의인을 구하기 위해 두어 명의 흑의인이 공격해 오기는 했지만 그들은 적풍의 단 일 검도 버티지 못하고 튕겨나갔다.

이후로는 누구도 적풍에게 도전하지 못했다.

"쓸 만한 자가 몇 있긴 하군."

한동안 싸움을 살피던 적풍이 나직하게 중얼거리고는 몸을 숙여 흑의인의 목덜미를 잡아 일으켰다.

"크윽!"

가슴 쪽에 길게 이어진 검상으로 인해 흑의인이 고통스러운 신음을 흘렸다.

"배우긴 했으되 제대로 사용한 적은 없는 모양이군."

적풍이 흑의인을 보며 말했다.

"무슨… 소리냐?"

"살수라면 능히 이 정도 고통은 비명 없이 참아야 한단 소리다."

적풍이 차갑게 대꾸하고는 한 손으로 흑의인을 잡아끌며 걸음을 옮겼다.

쿵!

적풍이 흑의인을 단우하의 발아래 내려놓았다. 그러자 단우하가 물끄러미 흑의인을 바라봤다. 조금은 우울한 것도 같았다.

"그대가 알아서 하시오."

적풍은 살아남은 아바르의 전사에 대한 처분은 단우하에게 맡길 생각이다. 그를 좋아하는 것은 아니지만 그래도 그것이 아버지의 사자이자 신혈족의 전설인 검은 사자에 대한 예의였다.

그런 적풍의 양보에도 불구하고 단우하의 표정은 여전히 어두웠다.

"무슨 고민 있소?"

적풍이 단우하의 표정이 지나치게 어두운 것을 보며 물었다.

"걱정이군요."

단우하가 힘없이 대답했다.

"뭐가 말이오?"

"황자와 황녀님을 지키는 이 아이들이 이렇게 약할 거라고는 생각지 못했습니다."

"그 말은 내가 이자를 너무 쉽게 잡았다는 뜻이오?"

"이자의 문제가 아니라 다른 아이들의 싸움을 말하는 겁니다."

단우하는 흑의인들을 아이들이라고 불렀다.

그건 곧 비록 생사를 두고 싸우고 있지만, 내심에는 흑의인들을 적이라고 생각지 않는다는 뜻이다. 마음속 깊은 곳에 이들에 대한 애정이 있는 것처럼 보이기도 했다.

"생각보다 약하다고 했소?"

"그렇습니다."

"잘못 생각한 거요. 이들이 약한 것이 아니라 십자성의 형제들이 강한 거요."

적풍이 다른 해석을 내놓았다.

"물론 십자성의 무사들은 강하지요. 명계의 신혈족 중에서 특별한 재능을 지니고 인고의 수련을 거친 사람들 아닙니까.

하지만 이 아이들도 선천적으로 신혈의 힘이 강하게 이어진 아이들이어서 선택된 것입니다. 더군다나 이십팔룡의 무공을 이었지요. 그런데……."

"한 가지가 빠진 것 같소."

"……?"

"고난을 겪지 않은 사람은 결코 강해지지 않소. 사람의 정신은 무쇠와 같소. 두드리면 두드릴수록 강해지지. 물론 그 고통을 이기지 못하고 무너지는 자도 있지만. 어쨌든 십자성의 형제들은 누구든 어려서 극심한 고난을 겪은 사람들이오. 정신이 먼저 강해지고 이후에 무공을 수련했단 뜻이오. 반면 이자들은 그렇지 못했을 거요."

"맞습니다. 이 아이들은 아바르가 신혈족의 땅이 된 이후에 전사로 길러진 아이들이니까요. 어둠 속에서 수련했다고 해도 결국은 온실의 화초였던 모양입니다."

단우하가 침통한 표정으로 말했다.

그러자 적풍이 잠시 생각에 잠겼다가 말했다.

"어쩌면 말이오."

적풍이 말꼬리를 흐리자 단우하가 이상한 눈으로 적풍을 바라봤다. 그는 오랜 여행으로 적풍의 성정을 누구보다 잘 알고 있었다. 적풍은 무슨 말이든 망설이는 사람이 아니었다.

"괜찮습니다."

적풍이 망설였다는 것은 그의 말이 단우하에게 상처가 될 수도 있다는 뜻이다.

"어쩌면 이자들이 아니라 아바르 전체가 나약해졌을 수도 있다는 생각이 드는구려."

"아바르 자체가 약하다고요?"

"그렇소."

"아바르는 칠왕의 땅에서 가장 강력한 힘을 지닌 왕국입니다."

"모두 그렇게 생각하고 있을 것이오. 물론 나도 오늘까지는 그렇게 생각했소. 그런데 이들을 보니 잘못 생각했을 수도 있겠다 싶구려."

"이 아이들은 겨우 황자, 황녀님의 호위로 키워졌습니다. 그것도 남들의 눈을 피해. 그게 오히려 이 아이들을 나약하게 만든 것이지요. 그러나 보통의 아바르 전사들은 다릅니다."

"글쎄……."

적풍은 못 미더운 얼굴이다.

"가서 만나보면 생각이 달라지실 겁니다."

"아바르의 전사들이 아바르를 벗어나 싸워본 적이 있소? 아바르가 신혈의 땅이 된 이후에."

적풍이 물었다.

"큰 전쟁은 없었지요."

"그럼 어떻게 전사들을 길러내오?"

"아바르의 전사가 될 자질을 지닌 아이들을 찾아 전대의 검은 사자들과 이십팔룡으로부터 이어진 무공을 전수하지요. 그 수련을 거친 전사들은 하나같이 일당백입니다. 칠왕의 땅에서 가장 강한 전사들이라고 자부할 수 있습니다."

단우하가 아바르의 신혈족 전사들에 대한 자부심을 드러냈다.

그러나 적풍은 그의 말에 동의하지 않았다.

"수련 방법이 잘못된 거요."

"……?"

"타고난 신혈의 힘도, 이십팔룡의 무공도 중요하오. 그러나 그런 것들만으로 강한 전사를 만들어지는 것은 아니오. 그대들은 수련 방법을 잘못 선택했소."

"어떤 점이 잘못되었다는 겁니까?"

"수련으로만 얻을 수 없는 것이 있소. 생사전에 대한 감각, 생명을 지키기 위한 간절함 같은 것이오. 그리고 특히나 우리 신혈족에게 중요한 것은 신혈의 원초적 기운을 발현시킬 수 있는 기회를 갖는 것이오. 그대들 검은 사자들은 일차 봉기 실패 후 교벽을 통과하고, 무림에서의 시간과 밀교의 문을 거쳐 다시 돌아오는 긴 여행을 통해 그 힘을 깨달았을 것이오. 그런데 지금 아바르의 전사들도 그러하오? 그들이 검은 사자들만큼 강하오?"

적풍이 물었다.

그러자 단우하가 갑자기 겁이 난 표정으로 고개를 저었다.

"…그렇지가 않습니다."

단우하도 적풍의 말을 인정하지 않을 수 없었다.

그런데 그 사실을 인정하자 단우하의 마음이 갑자기 급해졌다. 그제야 그는 아바르가 사실은 생각보다 훨씬 약할 수도 있다는 생각이 들었다.

"그런 전사들을 이끌고 칠왕의 땅을 정복할 수 있겠소?"

"그것은……."

"아마 최선의 결과를 이끌어낸다 해도 겨우 아바르를 지키는 정도일 것이오. 물론 그 싸움을 통해 아바르의 전사들은 강해질 것이오. 그러나 그만큼의 희생도 따를 것이오."

"……."

적풍의 말에 단우하가 대답을 하지 못했다. 그는 지금의 아바르가 무척 위태로운 것처럼 느껴졌다.

"좀 더 빨리 가야겠군요."

단우하가 뒤늦게 말했다. 아바르가 약해졌음을 인정한 순간 적풍이 아바르에 얼마나 필요한 사람인지 새삼스레 깨달은 것이다.

"이 여행이야 때가 되면 끝에 도달할 것이오. 다만 이제라도 아바르의 전사를 키우는 방법을 달리 해야 한다는 거요."

"명심하겠습니다."

단우하가 마치 적풍이 아바르의 제왕이라도 된 것처럼 고개를 숙여 보이며 대답했다.

"후욱!"

오랫동안 십자성 무사들과의 싸움에서 유일하게 균형을 맞추고 있던 흑의인들의 두 우두머리 입에서 거친 숨소리가 흘러나오기 시작했다.

그럴수록 와한과 파간의 기세는 더욱 살벌해졌다.

흑의인들도 신혈의 특징인 묵빛 안광을 여전히 흘려내고 있었지만, 그 강렬함에 있어서는 처음과 완연하게 차이가 나고 있었다. 그건 흑의인들의 공력이 거의 바닥나 있다는 뜻이다.

"끝낸다!"

와한이 한순간 크게 소리를 지르며 흑의인을 향해 검을 내려쳤다. 그의 검을 따라 일어난 검기가 흑의인을 반으로 쪼갤 듯 떨어졌다.

"이놈!"

순간 흑의인이 노성을 쏟아내며 검을 들지 않은 손을 와한에게 뻗었다.

슈슉!

순간 그의 손에서 튀어나온 작은 쇠침들이 와한의 전신에 파고들었다.

암기였다.

"젠장!"

승리를 확신하고 있다가 갑자기 기습적이 암기 공격을 받은 와한이 당혹한 목소리를 토해내며 적을 향하던 검을 거둬들어 자신을 향해 날아오는 암기들을 향해 휘둘렀다.

따다당!

날카로운 쇳소리와 함께 암기들이 사방으로 튕겨나갔다. 그러나 모든 암기를 막을 수는 없어서 그중 두 개가 와한의 뺨과 허벅지 부근의 옷자락을 찢었다.

"죽인다!"

갑작스러운 암기 공격에 얼굴과 허벅지에 부상을 입을 와한이 악귀 같은 표정으로 흑의인을 향해 달려들더니 그대로 검을 던지듯 뻗어냈다.

콰아아!

와한의 검에서 지금껏 볼 수 없던 검기가 일어나더니 벼락처럼 흑의인의 몸을 관통했다.

"크억!"

흑의인이 숨이 막힌 듯한 음성을 토해내더니 와한의 검을 심장에 꽂은 채 그대로 뒤로 쓰러졌다.

"그러게 사정을 봐줄 때 적당해 했어야지. 어디서 암기를… 음!"

숨을 거둔 흑의인에게서 검을 뽑으려다 말고 와한이 비틀거렸다. 그의 입에서 신음까지 흘러나왔다.

와한이 비틀거리는 몸으로 허리를 숙여 흑의인이 던진 암기들을 살폈다. 그리곤 눈살을 찌푸리며 중얼거렸다.

"독이군."

싸움은 순식간에 끝났다. 우두머리 중 한 명이 와한의 검에 죽는 순간 흑의인들은 싸울 의욕을 잃었다.

거기에 물러나 있던 단우하가 앞으로 나서서 항복을 명하자 흑의인 중 살아남은 자 여섯이 결국 검을 버리고 적풍 앞에 무릎을 꿇었다.

그러나 적풍과 십자성의 고수들은 승리의 기분에 취해 있을 수 없었다.

독을 바른 암기에 맞은 와한의 상태가 급격하게 나빠지고 있었기 때문이다.

몽금이 와한을 들쳐 업고 달리기 시작했다. 독에 관한 한 설루의 도움을 받을 수밖에 없었다.

십자성의 무사들이 덩달아 설루가 있는 곳을 향해 달렸다. 단우하는 항복한 흑의인들을 맡기로 하고 뒤에 남아 적풍과 십자성 무사들이 어두운 계곡 저편으로 사라지는 것을 지켜봤다.

그리고 그들이 모두 사라졌을 때 갑자기 단우하의 검이 움직였다.

퍼퍽!

강력한 파열음과 함께 두 명의 흑의인이 비명을 질렀다.

"욱!"

"큭!"

비명이 터져 나왔어도 사람은 죽지 않았다. 단우하가 검을 검집에 넣은 채 휘둘렀기 때문이다.

"너희들, 독까지 배웠느냐?"

단우하의 차가운 추궁에 그의 검집에 맞아 무릎을 꿇은 두 흑의인, 깊은 부상을 입고 적풍에게 제압된 자와 파간과 싸우던 여인이 고개를 저으며 대답했다.

"아닙니다. 우린 아닙니다."

"너흰 아니다?"

단우하가 다시 추궁했다. 그러자 흑의인 중 파간과 싸운 여인이 입을 열었다.

"그렇습니다. 저흰 두 분의 황자님과 셋째 황녀님이 각기 뽑아 보낸 사람들입니다. 독을 쓴 자는 이황자님의 명을 받는 자입니다."

흑의인의 대답에 단우하가 묘한 눈으로 말을 마치고 고개를 숙인 여인을 바라봤다. 그러다가 침울한 표정으로 물었다.

"너… 혹시 유리사냐?"

"그, 그걸 어찌……?"

"맞구나. 황녀께서도 참 독하시지. 어찌 계집아이에게 살공을……."

"그건 제가 원한 일입니다."

"네가 원해?"

"그렇습니다. 황녀께선 제가 황녀님 곁에서 시중을 들길 바라셨습니다만……."

"그런데 왜 살공을 수련하겠다고 했느냐?"

"그건… 제 아버지의 뒤를 잇고 싶었습니다."

"유사황의 뒤를?"

"아버지를 아십니까?"

유리사가 놀란 표정으로 고개를 들어 단우하를 바라봤다.

"내가 누군지 알고 있지 않느냐?"

단우하의 말에 유리사가 이내 고개를 끄덕였다. 그러나 그녀의 얼굴에서 의혹이 모두 사라진 것은 아니었다.

"그렇군요. 검은 사자셨으니 아버지를 모를 리 없지요. 그런데 제가 그분의 딸이라는 것은 어찌 아셨습니까?"

"널 삼황녀께 보낸 사람이 나다."

"예?"

유리사가 놀란 표정으로 다시 단우하를 바라봤다.

"신화지왕과 불의 성에서 마지막 전쟁을 치를 때, 네 아버지는 내 곁에서 잠들었다. 그때 유사황이 내게 유언했다. 너에게 절대 검을 들게 하지 말라고. 설혹 네게 신혈의 기운이 나타난다 해도 말이다. 그래서 널 삼황녀께 맡기면서 부탁했다. 절대 검사로 키우지 마시라고. 그런데……."

"다시 말씀드리지만 삼황녀님의 잘못이 아닙니다. 제가 그분의 뜻을 거역했을 뿐입니다."

"아니지. 내가 삼황녀께 한 부탁은 그것만이 아니었다. 네게 네 아비에 대해 말하지 말라고도 부탁했다. 혈통을 알면 아바르의 여전사가 되고 싶은 욕망이 생길 테니까. 그런데도 네가 유사황의 딸임을 알고 있다는 것은 황녀께서 네가 그 사실을 알게 놓아두었단 뜻이다. 그러니 결국 나와의 약속을 지키지 않으신 거지."

단우하가 노기가 흐르는 표정으로 말했다.

유리사는 단우하의 말에 아무런 대답도 하지 않았다. 그녀에게 일어난 일들에 대해 갑자기 혼란스러워진 모양이다.

그런 유사하를 보며 단우하가 다시 입을 열었다.

"더 고약한 것은 그런 널 보통의 아바르 전사가 아닌 살공을 수련케 했고, 더군다나 날 상대하기 위해 보냈다는 것이다. 유사황의 딸로 하여금 내게 칼을 겨누게 하다니… 삼황녀께서는 정말 날 너무 무시하시는구나."

단우하가 깊은 한숨과 함께 탄식했다.

"이제… 저희들은 어쩌면 좋겠습니까?"

유리사 곁에 있던 흑의인, 처음에는 단우하와 싸우고 그 뒤에는 적풍에게 심각한 부상을 입는 자가 물었다.

"결국 주군께서 결정하실 일이지. 또한 오직 주군만이 너희들의 목숨을 살릴 수 있을 것이다."

단우하의 말에 흑의인들의 표정이 파랗게 질렸다.

오늘 있던 일이 무황 적황에게 알려질 것에 대한 두려움이 새삼스레 떠오른 것이다.

"무황께서 저희들을 어쩌실까요?"

흑의사내가 물었다. 그러자 단우하가 한심한 표정으로 사내를 바라보다 물었다.

"네 이름이 뭐냐?"

그러자 사내가 잠시 망설이다 대답했다.

"궐손문이라 합니다."

"일황자께서 보냈느냐?"

"그렇습니다."

"황자님을 모신 지는 얼마나 되었느냐?"

"수련을 시작한 지는 십 년, 정식으로 황자님을 모시게 된 것은 오 년째입니다."

그러자 단우하가 냉정한 표정으로 물었다.

"묻겠다. 아바르의 일황자님을 모시는 자가 죽음을 두려워하느냐?"

"…그건……."

궐손문이 단번에 단우하가 화를 내는 이유를 알아채고는 대답을 얼버무렸다.

"나약한 것! 싸움에 패하는 것이 나약한 것이 아니다. 때가 되면 도검을 버리고 항복할 수도 있다. 그러나 자신이 한 일에 대해 당당히 책임질 수 용기가 없다면 그건 아바르의 전사로서 부끄러운 일이다."

"죄송합니다."

궐손문이 고개를 조아렸다.

"그리고 너희들이 걱정해야 할 사람은 사실 무황님이 아니시다."

"……?"

"독에 당한 친구가 죽는다면 나도 너희들을 지켜줄 수 없다. 설혹 무황께서 오신다 해도 너희들의 목숨을 장담할 수 없을 것이다."

단우하가 냉정하게 말했다. 그러자 혹의인들 얼굴에 다시 두려움이 깃들었다.

살공을 수련했지만 이들은 전문적인 살수로는 어울리지 않았다. 죽음을 두려워하지 않는 살수의 삶은 무림에서나 있는 일이다.

이들은 단지 살공을 수련한 아바르의 전사일 뿐이었다. 그러니 죽음에 대한 두려움은 자연스러운 것이다.

"대체 그 사람은 누굽니까?"

유리사가 쉰 목소리로 물었다.

"황녀께서 말해주지 않으시더냐?"

"그렇습니다. 저희들은 단지 어르신의 신분이 확인되면 함께 있는 자들을 주살하라는 명만을……."

유리사가 말꼬리를 흐렸다. 그러자 단우하가 허탈한 웃음을 흘렸다.

"허허, 주인이란 사람들이 수하들을 이렇게 가볍게 취급하니 어떻게 수하들의 충성을 기대할 수 있겠는가. 잘 듣거라. 너희들이 감히 죽이려 한 그분, 무황님의 혈육이시다."

"……?"

"그게 무슨……?"

흑의인들의 눈이 폭발할 듯 커졌다. 무황의 아들이라니. 이건 도저히 감당할 수 없는 일이었다.

당황하는 흑의인들을 보며 단우하가 다시 말했다.

"어차피 주어진 임무에 실패하고 항복을 하였으니 너희들은 다시 황자, 황녀님께 돌아갈 수는 없다. 설혹 그분들이 받아주신다 해도 과거와 같은 대우는 받지 못할 터, 이젠 너희들도 새로운 주군을 찾을 때다. 그러니 이제부턴 소공자님을 따르도록 해라. 그분은 적어도 너희들이 모시던 지금까지의 주군들과는 다른 사람이니까. 물론 그전에 독에 중독된 와한 그 친구가 살아나야 하겠지만."

　단우하가 걱정스러운 표정으로 중얼거렸다.

　"알 수 있겠어?"

　적풍이 초조한 얼굴로 물었다. 어떤 상황에서도 냉정함을 잃지 않는 그에겐 흔하지 않은 일이다.

　"이 땅의 독을 그렇게 쉽게 알 순 없어."

　와한의 몸 곳곳에 침을 꽂고 그 변화를 살피고 있던 설루가 대답했다.

　"그럼 위험한 건가?"

　"죽지는 않아."

　"다행이군."

　"비문의 정혈환 덕분이야. 하지만 내가 가지고 있는 정혈환이 그리 많지는 않아. 앞으로 조심들 해야 할 거예요."

　설루가 그녀의 등 뒤에 서 있는 십자성 고수들에게 말했다.

　"알겠습니다, 주모님. 앞으로는 방심하는 일이 없을 겁니다."

　감문이 다른 십자성 고수들을 대신해 대답했다.

　"시간이 얼마나 필요하지?"

　적풍이 다시 물었다.

　"한 시진 안에 정신을 차릴 거야. 당장 자유롭게 움직이는 것은 어렵겠지만 누군가 부축을 하면 이동할 수는 있겠지."

　"다행이군. 그럼 모두 쉬도록 하지. 와한이 깨어나면 그때 다시 길을 간다."

"알겠습니다, 성주!"

십자성 고수들이 일제히 대답하고 어두운 계곡 그늘 속으로 하나둘 사라졌다.

그러자 적풍이 다시 설루와 와한에게 시선을 돌렸다. 설루의 옆에서 금화가 열심히 와한의 이마에 맺힌 땀을 닦아주고 있다.

"당신도 좀 쉬지."

적풍이 벌써 반 시진째 와한에게 매달려 있는 설루에게 말했다.

"내 걱정은 마. 당신이나 좀 쉬어. 싸우고 온 사람이잖아?"

설루가 고개를 돌려 적풍을 보며 말했다.

"나야 뭐… 싸움이랄 것도 없었지."

적풍이 무덤덤하게 대답했다.

그러자 설루가 시선을 돌려 그들과 십여 장 거리를 두고 죄인처럼 모여 있는 아바르의 일곱 전사를 보며 나직하게 물었다.

"어떻게 할 거야?"

"단 노사가 결정하겠지."

"그분은 이미 저들을 함께 데려가기로 결심한 것 같은데?"

"그럼 그렇게 하지."

"…위험하지 않을까?"

설루는 항복한 아바르의 전사들을 믿지 못하는 모습이다.

"그렇게 위험해 보이진 않아."

"하지만 독을 쓰는 자들이야."

설루는 아바르의 전사들이 독을 쓴 일에 대해 무척 신경이

쓰이는 모양이다.

"독은 회수할 거야."

"독은 감추기 쉬운 물건이야."

"하지만 그러기 위해선 목숨을 걸어야 하겠지. 하지만 저들 중 목숨을 걸고 독을 감출 사람은 없는 것 같은데?"

적풍이 몸을 돌려 단우하와 항복한 아바르의 전사들이 있는 곳으로 다가갔다.

"어떻습니까?"

적풍이 다가오자 단우하가 걱정스러운 표정으로 물었다.

"곧 깨어날 거요."

"다행이군요."

단우하가 한숨을 쉬었다.

대신 그의 등 뒤에 서 있던 아바르의 전사들 눈에는 약간의 당황스러움이 스쳐 지나갔다. 그들은 자신들이 쓴 독을 적풍 일행이 해독할 수 있을 거라고는 생각지 못한 듯 보였다.

"이들은 어쩌겠소?"

적풍이 단우하에게 물었다.

"소공자께서 허락하신다면 거두겠습니다."

"믿을 수 있소?"

적풍의 말투가 냉정하다. 평소에도 십자성의 무사들을 제외하고는 누구에게나 냉정한 적풍이지만, 자신들을 공격한 아바르의 전사들에 대해선 더욱 차가운 적풍이다.

"제가… 책임지겠습니다."

"그 말, 무서운 말이라는 거 아시오?"

"…알고 있습니다."

단우하가 적풍의 경고에 당황한 표정으로 대답했다.

"나에 대해 말했소?"

적풍이 다시 물었다.

"그렇습니다."

"그런데도 나와 동행하겠다고 하오?"

적풍이 무황의 또 다른 아들이란 사실을 알고도 동행하겠다는 것은 이들이 주군이던 황자와 황녀를 배신한다는 의미기도 했다.

"소공자의 신분을 몰랐던 모양입니다. 그 일로 세 분 황자님과 황녀님에 대한 충성심이 흩어진 듯합니다."

"알았다고 한들 오늘 일이 없었겠소?"

"그건… 모르는 일이지요."

"아무튼 좋소. 그대가 보증했으니 이들과 동행하겠소. 하지만 한 가지 경고를 하지 않을 수 없구려."

"말씀하십시오."

"난 내 사람의 목숨을 노린 자를 결코 살려둔 적이 없소. 다행히 와한이 독에서 벗어날 것 같으니 오늘 일은 그냥 넘어가지만 만약의 경우 다시 한 번 우릴 위협하는 일이 생긴다면 그땐 반드시 목숨을 내놔야 할 거요."

"물론입니다. 절대 그럴 일은 없을 겁니다."

"좋소, 내일 와한이 깨어나면 떠날 테니 그때까지 쉬시오. 그런데 치료할 사람이 있을 것 같은데, 루에게 부탁해 보시겠소?"

"아닙니다. 외상 정도는 저희들이 치료할 수 있습니다. 괜히 소주모님을 번거롭게 할 필요는 없습니다."

단우하가 고개를 저으며 대답했다.

그러자 적풍이 단우하 뒤쪽에 서 있는 아바르의 전사들에게 시선을 한 번 주고는 몸을 돌려 설루에게로 돌아갔다.

"모두 들었겠지?"

적풍이 멀어지자 단우하가 아바르의 전사들에게 나직하게 물었다.

"예, 어르신."

아바르의 전사들이 조용히 대답했다.

"소공자는 절대 허튼소리를 하시는 분이 아니다. 그러니 모두 조심하거라. 만약 마음속에 다른 생각을 품고 있다면 지금 이 순간 모두 버려라."

"알겠습니다. 그런데… 우릴 진심으로 받아주시지는 않는 것 같군요."

유리사가 조심스레 말했다.

"당연한 일 아니냐? 자신을 공격한 사람들이 항복했다고 바로 신뢰할 사람이 누가 있겠느냐? 소공자님의 신뢰를 얻고 싶다면 너희들이 그에 합당한 모습을 보여줘야 할 것이다. 그리고 일단 한 번 그분의 신뢰를 얻게 되면 너희들은 세상에서 가장 강하고 뛰어난 주군을 모시게 될 거라는 데 내 이름을 걸겠다."

단우하의 말에 유리사를 포함한 아바르의 전사들 눈에 사라 졌던 생기가 일어나기 시작했다.

*　　　　　*　　　　　*

양털로 짠 두꺼운 옷도 추위는 막지 못할 것 같았다. 그럼에 도 젊은이는 끊임없이 산을 오르고 있었다. 간혹 눈발이 날려 시야를 방해하기도 했지만 그렇다고 걷지 못할 정도는 아니었 다.

사방은 온통 어둠에 싸여 있는 듯 보였다.

저녁이 되려면 아직 멀었지만 하늘을 뒤덮은 먹구름과 흩날 리는 눈발, 그리고 산과 대지의 중간을 차지하고 있는 높은 침 엽수림으로 인해 세상은 어두웠다.

후우웅!

거친 바람이 산 위에서 불어왔다.

그러나 청년은 옷 위에 두른 망토를 들어 올려 가끔 얼굴을 가리는 것으로 바람을 막으며 끝없이 걸음을 옮겼다.

그리고 모든 시간과 땅에서 통용되는 격언처럼 세상에 끝나 지 않은 길은 없었다.

쿠오오!

숲조차 사라진 설산 봉우리, 어둠조차도 설산이 뿜어내는 그 눈부신 설광에 힘을 잃는 곳에 청년이 드디어 발을 디뎠다.

바람 소리도 변했다. 북풍을 몰아오던 강력한 바람은 산 정상에서 일어나는 회오리에 비하면 미풍에 가까웠다.

산 정상에선 도저히 사람이 서 있을 수 없을 만큼 강한 바람이 일어났고, 그 바람의 힘이 만년설을 일으켜 세워 수십 장에 이르는 눈보라를 만들었다.

그러면 북풍이 조심스레 다가와 그 눈보라를 산 아래로 데리고 가면 산 곳곳에 다시 흰 눈을 뿌리는 것이었다.

"후욱!"

사내가 크게 숨을 들이쉬었다. 그러고는 망설이지 않고 눈보라를 일으키는 회오리 속으로 걸음을 옮겼다.

스스로 목숨을 끊기로 작정한 사람이 아니라면 절대 할 수 없는 행동. 그러나 그의 발걸음에 담긴 힘을 보면 자살할 사람 같지는 않아 보였다.

"오라, 북풍의 신이여!"

청년은 오히려 즐거운 듯 회오리 속에서 낭랑한 목소리로 외쳤다.

바람의 신 따위가 세상에 존재할 리 없건만 청년은 산봉우리에서 눈보라를 일으키는 이 강력한 회오리바람을 원주족들이 말하듯 북풍의 신이 만들어내는 것이라고 생각하는 모양이다.

청년의 도도한 외침을 북풍의 신이 들었을까. 눈보라는 더욱 거세졌고, 순식간에 청년을 집어삼켰다.

이젠 청년은 눈보라에 실려 산 아래 먼 곳까지 날려가 내동댕이쳐질 운명처럼 보였다. 그러나 놀랍게도 청년은 북풍의 신에게 도전할 만한 신비한 힘을 가지고 있었다.

뽀득뽀득!

눈보라 속에서 선명한 발자국 소리가 들렸다. 그리고 잠시 후 눈보라의 외곽에 동굴 같은 공간이 생기더니 그 안에서 청년이 천천히 걸어 나왔다.

청년의 손에 들린 비틀어진 나무 지팡이가 눈 위에 길게 홈을 만들어내고 있고, 청년은 눈보라가 아니라 안개 속을 걸어 나온 것처럼 평온해 보였다.

그렇게 신비한 모습으로 산 정상의 눈보라를 관통한 청년이 걸음을 멈췄다.

그리고 눈보라 앞에서도 평온하던 그의 표정이 변했다.

"과연… 좋구나!"

어두운 설산 아래, 그리고 그 아래 흰 눈을 이불처럼 덮고 자란 너른 침엽수의 숲 너머로 검은 바다가 펼쳐졌다.

세상의 모든 빛을 빨아들이는 것 같은 검은색, 아니, 빛뿐 아니라 소리까지도 빨아들이는 듯한 바다의 고요가 산 위까지 느껴졌다.

"오길 잘했어. 침묵의 바다… 흑해의 본모습이 바로 이것이야. 고생한 보람이 있어. 정말 놀라운 광경이다."

청년이 중얼거렸다.

침묵의 바다!

현계에서 가장 위험하고 신비로운 장소 중 하나로 꼽히는 곳이다.

현계의 북쪽에 위치해 있으면서 세상의 모든 땅과 연결되어 있다는 전설을 가지고 있는 광대한 바다가 바로 이 침묵의 바다였다. 혹은 그 특별한 검은색으로 인해 흑해라고 불리기도 한다.

이 침묵의 바다는 현계라 불리는 이 세계에서 가장 많은 전설을 품고 있는 바다이기도 했다.

전설이란 사람이 볼 수 없는, 혹은 갈 수 없는 세계에 대한 동경 같은 것이어서 그만큼 이 바다가 사람들로부터 먼 바다란 의미이기도 했다.

"검은 산에서 보는 침묵의 바다가 세상에서 가장 신비한 풍경이라더니 정말 그렇구나. 후후, 대법사님들 몰래 이곳까지 온 보람이 있어. 이 기운들을 봐. 법력이 단숨에 수배는 높아지는 것 같잖아?"

청년은 스스로 대견하게 느껴지는 듯 두 팔을 벌렸다. 마치 침묵의 바다를 모두 품에 안으려는 듯한 모습이다.

그런 청년의 모습은 한없이 자유로워 보였다. 금방이라도 산봉우리를 차고 올라 하늘로 날아오를 것 같았다. 그러나 그것도 잠시, 갑자기 청년이 두 손을 내려 몸을 비벼댔다.

"제길, 그런데 생각보다 너무 춥네."

설봉을 걸어 올라와 눈보라를 뚫고 나올 때의 그 신비한 모습은 어디로 사라졌는지 갑자기 청년이 평범한 사람으로 돌아간 것처럼 추위를 타기 시작했다.

"이상하군. 기온이 낮아서는 아닌 것 같은데… 진기로 온기를 일으켰는데도 춥다니. 역시 위험한 땅인가?"

청년이 주위를 돌아보며 중얼거렸다. 그러다가 문득 청년의
눈빛이 빛났다.

"빛이라……. 검은 산에는 어떤 종족도 살지 않는다고 했는
데?"

청년이 고개를 갸웃했다.

그러면서도 한편으로는 참을 수 없는 호기심이 얼굴에 드러
났다.

"야수족이나 신비족일지도. 누가 뭐래도 이 카말의 숲은 그
들의 땅이니까. 하지만 나 수로가 겁을 낼 리는 없지 않겠어?
나로 말하자면 현월문 제일의 후기지수란 말이지. 문주님은 물
론 대법사님들의 기대를 한 몸에 받고 있는. 보자, 어쩌면 나처
럼 위험을 즐기며 검은 산을 여행하는 사람일 수도 있겠군. 만
나보자. 오랫동안 혼자 여행을 하다 보니 좀 외롭네."

청년의 호기심은 곧 행동으로 이어졌다. 청년은 애써 오른
설봉을 힘차게 달려 내려가기 시작했다.

우우우!

상갓집에서 흘러나오는 곡성 같기도 하고 거대한 짐승 무리
가 이동하면서 내는 소리 같기도 했다.

혹은 전투에 나가기 전 전사들의 전의를 북돋는 외침 같기
도 한 소리가 자연스럽게 청년의 발걸음을 멈추게 했다.

청년은 사납게 들려오는 이 음울한 소리에 빛이 나는 곳으

로 가고 싶은 생각이 사라졌다. 그러나 호기심은 여전히 남아 있어서 빛과 소리의 주인공을 확인하지 않을 수는 없었다.

덕분에 변한 것은 그의 움직임이었다. 지금까진 질풍처럼 신나게 설산을 달려내려 왔지만 그때부터는 마치 세상에 없는 사람처럼 은밀하게 움직이기 시작했다.

한순간 청년이 거대한 삼나무 아래에서 걸음을 멈췄다.

그의 눈에 검은색 돌로 쌓은 작은 성벽이 보였다. 크기는 그리 크지 않았지만, 그 안쪽을 사람들의 시선에서 가리고 또 외부의 공격으로부터 보호하기엔 충분했다.

더군다나 성벽 밖에는 가죽과 쇠를 이용해 만든 투박한 전갑을 갖춰 입은 자들이 일정한 간격을 두고 지키고 있어서 더이상 전진했다가는 그들의 눈에 발견되고 말 것이 분명했다.

"저자들은 분명 우구족의 싸움꾼들이 분명해. 대체 저 안에서 무슨 일을 하고 있는 거지?"

청년이 고개를 갸웃했다.

청년은 자신 앞에 서 있는 거대한 나무를 올려다봤다. 그러고는 망설이지 않고 나무를 타고 오르기 시작했다.

수백 년은 됐음 직한 삼나무 끝에 오르자 청년의 예상대로 성벽 너머 그 안쪽 공간이 보였다. 그리고 그 순간 청년의 표정이 얼어붙었다.

성벽 안쪽 중앙에는 커다란 제단이 세워져 있었다. 제단 위에는 석관이 놓여 있었는데, 그 옆에서 검은 천으로 온몸을 감싼 자가 관 속을 보면서 알 수 없는 주문을 외우고 있었다.

그리고 제단 아래에선 수십 명의 사람들이 무릎을 꿇고 청년의 귀에 들린 그 괴이한 곡성을 흘려내고 있었다.

더 놀라운 것은 주문을 외우는 자의 손짓에 따라 제단 위에서 끊임없이 검은 기운이 일어나 관 속으로 빨려들어 가고 있다는 것이다. 검은 돌로 만든 관이 마치 주변의 모든 어둠을 빨아들이는 것처럼 보일 정도였다.

그리고 바로 그 광경이 청년을 얼어붙게 만든 이유였다.

"읽은 적이 있어. 월문에 남아 있는 이십팔룡의 비록에서. 저건 혼마 사타의 귀혼술이야. 대체 누가 혼마의 귀혼술을 얻은 걸까? 그리고 누굴 깨우려는 거지? 이건… 보통 일이 아니다. 월문의 문도로서 난 도저히 이 일을 그냥 지나칠 수 없다."

청년이 지그시 입술을 깨물며 중얼거렸다.

『십자성—칠왕의 땅』 12권에 계속…

초대형 24시 만화방

신간 100%, 샤워실, 흡연실, 수면실(침대석), 커플석, 세탁기 완비

■ 강북 노원역점 ■

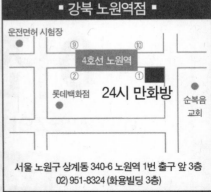

서울 노원구 상계동 340-6 노원역 1번 출구 앞 3층
02) 951-8324 (화용빌딩 3층)

■ 일산 정발산역점 ■

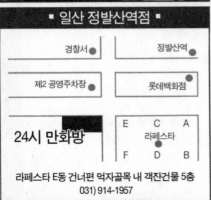

라페스타 E동 건너편 먹자골목 내 객잔건물 5층
031) 914-1957

■ 일산 화정역점 ■

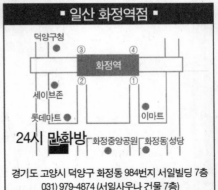

경기도 고양시 덕양구 화정동 984번지 서일빌딩 7층
031) 979-4874 (서일사우나 건물 7층)

■ 부천 역곡역점 ■

역곡남부역 기업은행 건물 3층
032) 665-5525

■ 부평역점 ■

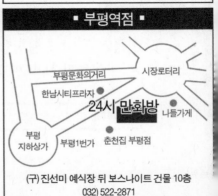

(구) 진선미 예식장 뒤 보스나이트 건물 10층
032) 522-2871

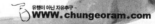

이경영 판타지 장편소설

FANTASY FRONTIER SPIRIT

그라니트

용들의 땅

GRANITE

사고로 위장된 사건에 의해 동료를 모두 잃고 서로를 만나게 된 '치프'와 '데스디아'.
사건의 이면에 상식을 벗어난 음모가 있음을 알게 된 둘은
동료들의 죽음을 가슴에 새긴 채 각자의 고향으로 돌아간다.
2년 후, 뜻하지 않게 다시 만난 두 사람은 동료들의 복수를 위해
개척용역회사 '그라니트 용역'을 설립해 다시금 그 땅을 찾게 되는데……

용들이 지배하는 땅 그라니트!
그곳에서 펼쳐지는 고대로부터 이어지는 운명적 만남,
깊어지는 오해, 그리고 채워지는 상처.

『가즈 나이트』시리즈 이경영 작가의 미래형 판타지 신작!

Book Publishing CHUNGEORAM

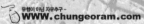

유행이 아닌 자유추구 -
WWW.chungeoram.com

MAJOR LEAGUER

메이저리거

FUSION FANTASTIC STORY

강성곤 장편 소설

꿈꾸는 자에게 불가능은 없다!

『메이저리거』

불의의 사고로 접어야만 했던 야구 선수의 꿈.
모든 걸 포기한 채 평범한 삶을 살던
민우에게 일어난 기적

"갑자기 이게 무슨 일이지?"

그의 눈앞에 나타난 의미 모를 기호와 수치들.
그리고 눈에 띈 한 단어.
'타자(Batter)'

**특별한 능력을 얻게 된 민우의
메이저리그 진출기가 시작된다!**

Book Publishing CHUNGEORAM

유행이 아닌 자유추구 -
WWW. chungeoram.com

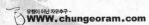

박선우 장편소설
FUSION FANTASTIC STORY

멋진 Wonderful
인생 Life

태어나며 손에 쥔 것이라고는 가난뿐.

그러나 내게는 온몸을 불사를 열정과
목숨처럼 소중한 사랑이 있었다.

『멋진 인생』

모두가 우러러보는 최고의 직장이자 가장 치열한 전쟁터,
천하그룹!

승진에 삶을 바친 야수들의 세계에서 우뚝 서게 되는
박강호의 치열하지만 낭만적인 이야기!